黑狼王與白銀人質公主
在邊境之地得到最愛
I
高岡未來
Mirai Takaoka

輕文學
Light Literature

目錄

序曲

大司祭莊嚴的聲音，彷彿吸進了肅穆教堂挑高的天花板。

佇立身邊的，是即將成為夫婿的黑髮高䠷青年。他現在是用怎樣的表情，聆聽大司祭說話呢？

他身上散發出神經緊繃的氛圍，這是因為結婚典禮這特別儀式的關係嗎？亦或是——

幾天前第一次見面的他始終禮節周到，但無法讀解他的真心。

「我，歐帝斯．法斯納．羅姆．奧斯特洛姆，迎娶薇蒂亞．艾黛兒．英格思尼．澤斯為妻，發誓愛她直至我生命終點。」

悄然無聲的教堂內，男人低沉的聲音十分響亮。

不知何時，儀式已經來到夫婦宣示誓言的環節了。

「我……薇蒂亞．艾黛兒．英格思尼．澤斯同樣發誓——」

艾黛兒以姊姊之名，說出與新郎歐帝斯相同的誓言。

接著，蕾絲頭紗緩緩被掀開來，有一頭白銀秀髮的王女自頭紗下現身。

艾黛兒輕輕抬頭看，和一雙宛如湖泊的藍色眼瞳對上。那和在路途中見過一次的湖泊相似，冰冷美麗的眼睛快將艾黛兒吸進去。

「黑狼王」，這是他的別稱。

——說起奧斯特洛姆的黑狼王，不就是除了用野獸般的巨大身體揮劍以外毫無才能的男人嘛！——

姊姊歐斯底里的尖叫聲突然浮現腦海。

眼前男子眼中帶著沉著理智的光芒，風範威儀非凡，令人感到可靠。

今天起將成為這人的妻子。一想到這點，不禁心頭騷動。

（……我正在欺瞞這位先生啊……）

不安與罪惡感幾乎壓垮心胸。

歐帝斯的臉逼近，輕輕在艾黛兒唇上印上一吻。一瞬即逝的動作在她心中掀起滔天巨浪。

立誓之吻結束後，教堂歡聲四起。

此時此刻起，艾黛兒正式代替姊姊，成為鄰國年輕君主的結髮之妻。

第一章

「妳弄痛我了！沒用的傢伙！」
奢華房內響起女性刺耳尖銳的怒吼聲。
再三小心替姊姊梳髮的艾黛兒嚇得身體一震，停止動作。
「非常不好意思，薇蒂亞大人。」
姊姊薇蒂亞坐在鏡前，朝鏡中的艾黛兒拋去憎惡的目光。
銀髮紫眼是澤斯之民的特徵，在這之中，薇蒂亞擁有一頭閃耀光輝的白銀髮及一雙紫水晶般湛然的眼睛。美貌讓她被譽為澤斯白玫瑰，但她的臉上現在明顯浮現厭惡，從櫻桃小嘴中發出令人難以想像的低沉聲音。
「別廢話了，快點動手。」
另一方面，與姊姊擁有相同顏色頭髮與眼睛的艾黛兒，小心翼翼地替姊姊盤好頭髮。千萬不能失敗，謹慎，但要迅速。

薇蒂亞只是稍微瞥了完成的髮型一眼。

「果然還是不行，光是耗費時間卻一點美感也沒有。漢娜，妳替我重梳一個。」

薇蒂亞呼喊候在房間角落的侍女之名。

艾黛兒把位置讓給迅速前來的漢娜，但就停留在一旁。因為沒有姊姊的允許，她不得擅自離開。

漢娜手腳俐落地梳整薇蒂亞的頭髮，把艾黛兒盤好的髮型先全部拆開，仔細地梳好後用髮夾固定。

盤好的髮型和艾黛兒剛剛梳的相差無幾，但薇蒂亞確認完成的髮型之後，露出微笑，用力點頭。

「真不愧是漢娜。」

「多謝誇獎。」

「與之相較，艾黛兒真的很沒用。」

薇蒂亞迅速起身，她身上穿著白天所用、設計呈現出清純一面的宮廷服，顏色是彷彿提前預告春天到來的柔嫩淺紅色。

薇蒂亞今天邀請仰慕她的騎士們舉辦茶會，定期邀請崇拜她的騎士前來接受大家吹捧是她的興趣。

「啊對了，妳待會兒去把我的項鍊和胸針擦一擦，還有，衣服上的刺繡也脫線了，去幫我補一補。沒做完可不能去吃飯，聽到了沒？」

「是的，遵命，薇蒂亞大人。」

早已過了午餐時間，等到艾黛兒做完薇蒂亞交代的事情，她的午餐也被收拾掉了吧？但艾黛兒無法反抗。

「讓妳可以住在宮殿裡就已是施捨了，妳可要好好工作。」

薇蒂亞拋下這句話後走出房間，艾黛兒立刻開始擦拭項鍊，總之得快點做好才行。

艾黛兒早餐只吃了稀薄的大麥粥，她的胃早已清空。

當艾黛兒照吩咐擦拭著使用大量寶石製成的金色項鍊時，一位髮型一絲不苟的年長女性走入房內。

是王后貼身的首席女官巴涅特夫人，她眼神銳利地瞪著艾黛兒。

「妳可是那個偷人的女人生的小孩，我會好好監督妳，快，繼續做。」

「是的。」

雖說是姊姊，但艾黛兒和薇蒂亞只有一半的血脈相連。

「雖然說是陛下大發慈悲，但為什麼非得把這種小孩當王女看待不可啊……伊斯維亞王后殿下真是有操不完的心。」

巴涅特夫人今天也很刻意地大聲自言自語，就是要說給艾黛兒聽。

艾黛兒的母親原本是王后伊斯維亞的侍女，而國王就在王后肚子裡懷著薇蒂亞時染指這位侍女。

接著，在薇蒂亞出生後三個月，艾黛兒也出生了。

同年出生的異母姊妹，這個事實令王后狂怒，心高氣傲的她無法容許丈夫與自己的侍女有染。

這份怒火並沒有隨著時間平息，因為國王下令將艾黛兒當作王女養育。

艾黛兒接受身為王女應有的教育，吃穿用度也絲毫不比薇蒂亞遜色，但在國王鞭長莫及的宮殿深處，艾黛兒承受著欺凌與虐待。

好不容易完成姊姊交代的工作回到自己房裡時，不出艾黛兒所料，她的午餐已經被收拾乾淨了。這是因為伊斯維亞下令，固定時間過後就要把餐點收拾乾淨。

肚子「咕嚕」叫，艾黛兒雙手搓揉著腹部安撫。

（真希望……晚餐可以好好吃一頓……）

王后與薇蒂亞將艾黛兒視為下女，國王公務繁忙且對妻女漠不關心。艾黛兒只有在每月一次的家庭晚餐中會見到國王，此時，國王會隨興地問艾黛兒問題。內容各式各樣，意圖確認艾黛兒有沒有好好接受王女該有的教育。

從前艾黛兒年紀還小時，她被迫與母親分離，且過得比現在更加糟糕。衣物粗鄙，好幾天才會有一頓飯吃。國王發現艾黛兒受到勉強才能存活的對待時，氣得斥責王后。

「我要妳把她當作王女教育，妳忘了嗎？」接著殺雞儆猴地責罰或解雇照顧艾黛兒的人。

在那之後，艾黛兒表面上被當作王女養育，但王后與她的孩子們的憤恨當然不可能因此消失。

艾黛兒搗著空腹踉踉蹌蹌地邁開腳步，不知道廚房有沒有什麼剩餘的食物。

廚師們會偷偷避開王后與她的爪牙女官們，給艾黛兒食物。看著艾黛兒身為王女，穿著一身高級宮廷服卻搗著空腹彷彿要來廚房討食物，廚師們總是用著憐憫的眼光看她。

「艾黛兒王女殿下。」

有人「咚咚」敲響連接外側露臺的玻璃門，艾黛兒轉過頭去，只見一位騎士站在外頭。

艾黛兒打開身旁的玻璃門，外頭冷風四起。

「尤恩大人。」

他是服侍哥哥的騎士尤恩。有著銀灰髮色、淡色紫瞳、一臉和善的他對著艾黛兒微笑。他特地在寒風中尋找艾黛兒，在此等候。

「茶會已經結束了嗎？」

他也受邀參加今天薇蒂亞主辦的茶會，這是仰慕姊姊的騎士茶會，同時也是姊姊要求喜愛的騎士列席的茶會。尤恩外貌俊朗，頻繁受到姊姊邀約。

「是的，方才剛結束。」

尤恩邊微笑邊從騎士裝的口袋中拿出布包，艾黛兒看到布包的瞬間，胃空虛地蠕動。

「請用。」

布包內包著點心，烘焙點心的香氣讓艾黛兒的胃加倍主張自己的空蕩。

「我從家裡拿來的，請用。」

「……一直很謝謝您。」

艾黛兒道謝，同時也對他關心自己感到非常過意不去。哥哥的騎士知道自己的窘境，且給予施捨。雖然心情複雜，但對空腹難耐的艾黛兒來說，充滿魅力、使用大量奶油烘焙的點心，讓她渴望不已。

「不用道謝，如果我能用更有形的方法幫助您就好了……但我們澤斯不久前才剛戰敗。」

去年，這個國家澤斯，與東邊的鄰國奧斯特洛姆為了爭奪緩衝地帶爆發戰爭，最後以澤斯戰敗畫下句點。

艾黛兒語塞，不知該說什麼好。

先前那場戰爭，是澤斯王太子為了誇示自己的力量，率先出手的。澤斯以西的諸國人民多為銀髮紫眼，與之不同，奧斯特洛姆的人們多為黑髮。兩國長期因為納斯德尼地區的歸屬問題爭執不休；這次因為奧斯特洛姆與別國展開戰爭，讓王太子決定舉兵納斯德尼地區。王太子打著搶奪奧斯特洛姆王國那一側的土地為自己臉上添光的主意，卻遭到游牧民族後裔的奧斯特洛姆王太子率領的軍隊痛擊。

「這不是該說給王女殿下聽的話，但請您務必記得，我隨時記掛著殿下。」

「謝謝您。」

這份溫柔體貼讓艾黛兒綻露笑容，她的兄姊都很冷淡，但還是有關心艾黛兒的人，或許只是因為同情而伸出援手，但即使如此，在冰冷的宮殿中也是個救贖。

艾黛兒把餅乾放入口中，一口咬下，奶油香氣在口腔中擴散開來。

艾黛兒時常想著「如果溫柔的尤恩是親生哥哥就好了」，他看著艾黛兒的眼神充滿溫柔，這是自己早已失去的家庭溫暖。

所以艾黛兒毫無察覺，尤恩看著她時，眼中其實帶著無從隱藏起的熱意。

王室一個月一次的晚餐會絕無一家團圓的溫暖氣氛，國王列席的晚餐室充斥著某種異樣的氣氛。

晚餐用的長桌旁只坐了國王夫妻與三個小孩。席間唯聞刀叉摩擦的聲響，平常王太子安塞爾姆偶爾會與國王對話，但他今天相當沉默。

取而代之的是薇蒂亞努力說些不同話題，但回答她的只有她的母親伊斯維亞，國王不發一語。

從前王后也會努力提供國王話題，但國王從未回應妻子所說的話。這種狀況長久下來，不知從何時開始，王后也不再找國王說話了。

明明不願意與王后對話，國王卻會心血來潮地問艾黛兒問題。如果無法得到滿意答覆就會失望，接著解雇艾黛兒的家教，或是朝王后拋去輕蔑的眼神。

每發生這種事情後，伊斯維亞都會暗地虐待艾黛兒。

每次晚餐會都是這種感覺，但今天不同。就在母女對話出現空白時，國王看向薇蒂亞開口：

「薇蒂亞，妳的結婚對象決定了。」

這是餐盤全部撤下之後的事情，突然被點名的她一瞬間露出呆傻表情，但立刻染紅雙頰：

「哎呀，對象是哪個國家的人呢？」

薇蒂亞開心地一一舉出澤斯西邊的國家之名，在她心中自己嫁給王室是理所當然的事情，她可是澤斯國王的嫡女，她心中認為自己理所當然會與將來繼任王位的男性締結婚事。

「黑狼王。」

國王語調平板地淡淡回應。

當場悄然無聲，每個人都不發一語。

「砰」的巨大聲響打破寧靜，這是因為薇蒂亞握拳用力敲桌。

「什……您說黑狼王？」

她的聲音在發抖。

「說起鄰國奧斯特洛姆的黑狼王，不就是除了用他野獸般的巨大身體揮劍以外毫無才能的男人嘛！而且那還是個現在還會騎馬在原野上奔馳的野蠻之國，您要我成為那個毫無禮儀可言的男人之妻！這是認真的嗎？」

薇蒂亞充滿憤怒的尖吼聲，響徹豪華的晚餐室。

「妳想抱怨別找我，去找坐在那裡的王太子，這全因為他做出的好事。」

國王瞥了同席的兒子一眼，安塞爾姆微微別過臉以逃避妹妹的視線。

「你們也知道我國敗給奧斯特洛姆的事情吧，對方除了要求賠款外，還要求迎娶被譽為澤斯白玫瑰的王女為妻。」

薇蒂亞因為她的美貌，被譽為澤斯的白玫瑰。

鄰國剛繼位的年輕君王，想迎娶有頭白銀秀髮與晶亮紫晶雙眼的公主，受到一國之君青睞是相當榮耀的事情。

「就算他是一國之主，不過就是東邊的野蠻國家。把人當物品一樣說要就要，真不愧為野蠻民族，竟然連求親的一句話也沒有。」

「老公！再怎麼說這都太過分了，你竟然要把我可愛的薇蒂亞嫁給那種卑賤的游牧民族！」

疼愛女兒的伊斯維亞幫女兒說話，國王對此拋去銳利的冷漠眼神，讓她立刻沉默。

東邊鄰國奧斯特洛姆是建國才兩百年的年輕國家，是在草原上策馬奔馳，邊狩獵邊移動搭帳篷生活的民族。越往東的大陸，也越留有遠遠稱不上文明的生活習慣，但他們逐漸發展成大型聚落，接著模仿西邊諸國農耕定居。這就是奧斯特洛姆的起始，他們將自己整合成一個國家，目前王室的始祖將國名訂為「奧斯特洛姆」。

現在奧斯特洛姆已是成熟國家，艾黛兒也聽說過他們的王都與西方諸國相較也絲毫不遜色。但澤斯國內輕蔑奧斯特洛姆的態度十分強烈，薇蒂亞的反應清楚表現出這點。

「這事已經定案，大臣們也都同意了。」

國王絲毫不感興趣，只是平淡地陳述事實。

「都是哥哥的錯！全都是因為你輸了！」

薇蒂亞把矛頭指向哥哥。

安塞爾姆揚起工整的眉毛，「那是因為……」欲言又止。他雖然向王都請求支援，但澤斯國王沒有應允，因為早已分配不少兵力給他了，結果在安塞爾姆的經歷上留下不良紀錄。雖然他很想要提出割讓土地與賠償金的替代方案，但他尚未擁有與國王父親正面對峙的氣概。

「這件事就到此結束。」

晚餐原本該在國王說完話後畫下句點。

但薇蒂亞突然高聲表示：「我想到一個好主意了！」她臉上絲毫不見方才的哀傷神色。

「別讓我嫁，讓坐那邊的艾黛兒嫁過去不就得了嗎？因為對方想要的是『澤斯的白玫瑰』啊，既然沒有點名是我，那艾黛兒嫁過去也沒問題吧。不如說儘管拿我的名字去用，黑狼王的妻子讓艾黛兒去當，也綽綽有餘了吧？」

艾黛兒聽見自己心臟猛烈一跳，突然聽到自己的名字讓她思緒跟不上。

（這種事別開玩笑了，要我代替姊姊嫁去鄰國？）

姊姊大膽的想法令艾黛兒指尖開始發抖。

「我這想法太棒了，艾黛兒，妳就代替我去嫁給黑狼王吧。」

薇蒂亞態度高高在上地下令，哥哥和王后都沒插嘴，國王輪流睨視了薇蒂亞與艾黛兒。

「只要嫁去奧斯特洛姆的是澤斯王女，哪個去都無所謂。」

國王拋下這句話後離席。

那頓晚餐後，艾黛兒失去自由，因為正式決定讓她代替姊姊嫁給鄰國的黑狼王了。

「這塊布料可是為了讓我縫製衣服、特地從西方的國家訂購的耶！為什麼會變成妳的陪嫁品，太奇怪了！」

宮殿北側三樓，即使白天也很昏暗的房裡響起女性不悅的聲音。

是薇蒂亞的聲音，她沒預先通知就來到軟禁艾黛兒的房間。

自從正式決定艾黛兒成為替身新娘後，她就被關在宮殿的房內，因為身邊的人擔心她會逃跑。乍看之下裝飾華麗的房內，所有窗戶都上了鎖，避免艾黛兒打開。一天只能外出散步一次，艾黛兒身邊隨時有王后身邊的傭人盯著。

「薇蒂亞大人，我們也十分清楚艾黛兒大人完全不配用這些東西，但這是國王陛下與大臣們做出的決定。」

「我們也十分清楚這丫頭出身低下，但她要以澤斯王女的身分嫁到奧斯特洛姆，關係到國家顏面。」

面對大王女的怒火，女官們紛紛說出各種理由。

今天是要替陪嫁服飾粗縫的日子，薇蒂亞原本打算要來嘲笑被當成貨品嫁出去的艾黛兒，結果發現為了自己特別訂購的布料竟被轉給艾黛兒而大發脾氣。

「不過只是妾的女兒竟然如此囂張，妳要嫁去奧斯特洛姆那種文化水準低的國家，根本不需要宮廷服，也不需要珠寶首飾吧！」

薇蒂亞咬牙切齒地打量正在試裝的艾黛兒。

衣服設計細膩且優美，與宮廷服搭配的腰飾綁帶也是細緻的金鍊子，上面鑲了不少寶玉。

「是啊、是啊，這是當然的，我們也十分明白這些事情。」

「那妳們現在就立刻去向國王建言，不需要準備陪嫁品。」

女官們聽到薇蒂亞的命令後啞口無言，困惑地彼此面面相覷。

「怎麼啦，妳們肯定也在心中瞧不起奧斯特洛姆，就是個跟穴居野獸沒兩樣的民族對吧？」

罵人罵上癮的薇蒂亞面對一句話不敢吭的女官們，她們尷尬低頭的態度讓薇蒂亞更加不耐煩。

「妳們是敢不聽我的命令了嗎？」

薇蒂亞氣得眉毛上吊，伸手就朝離她最近的女官一掌揮下。

「姊姊！」

艾黛兒瞬間脫口大喊。

「我可不記得有允許妳這樣喊我。」

就在薇蒂亞惡狠狠地瞪著艾黛兒時，房門緩慢打開。

「哎呀，薇蒂亞，妳是怎麼啦，這種連白天也昏暗又死氣沉沉的地方，可配不上妳這樣光采華麗的女孩兒啊。」

走進房裡的是王后伊斯維亞，她的首席女官巴涅特夫人就跟在後頭。

「母親，這太過分了，這塊布料明明是我的，竟然被這丫頭搶走了。」

「妳可是從被黑狼王蹂躪的未來逃脫了呀，不過只是塊布料，我再替妳訂購不就得了。」

「但是，這丫頭配不上如此豪華的陪嫁品。」

薇蒂亞大概還講不夠，醜陋地歪斜著嘴唇抱怨不滿。

「我當然明白，但澤斯也有面子要顧，不能違抗國王做出的決定。快點快點，快回自己的房間去。我身為王后，有些話得對這小丫頭說才行。」

伊斯維亞一使眼色，女官們也靜悄悄退出房間，薇蒂亞在巴涅特夫人催促下，和她一起離開房間。

昏暗房內只剩艾黛兒和王后兩人。

王后緩步朝艾黛兒前進，艾黛兒反射性地往後退一步。這是至今遭受無數惡意造就出的反射動作。

伊斯維亞在艾黛兒身上看見搶走國王寵愛、令她憎恨的女人的影子。她對朝自己侍女出手的國王憤怒，也厭惡接受了國王的侍女。此外，得將她遭背叛證據的艾黛兒當作王女養育，更讓她憤恨不平。

這個時代，一國之王左擁右抱妻妾不是稀罕的事情，但能否諒解又是另外一回事，對王后來說，這是重傷她自尊的事情。

伊斯維亞宛如人偶般，面無表情地低頭俯視艾黛兒。

「國王也真是的，沒必要這樣特別準備嫁妝啊……妳即將成為王后，即使是蠻族的國王，也是王后……啊啊，真是太令人怨恨了。」

伊斯維亞伸出手，白皙纖細的手指碰觸艾黛兒的臉頰。艾黛兒明明在發抖，身體卻彷彿釘在地上動彈不得。

「太可惜了……沒辦法親手殺了妳真是太可惜了。要是絞緊這纖細的脖子，妳會用怎樣的表情斷氣呢？」

伊斯維亞臉上浮現淡淡笑容，一次又一次不停撫摸艾黛兒的臉頰。

輕輕劃過臉頰的動作，讓艾黛兒不禁吞嚥口水。

這是王后第一次親口說出對艾黛兒的殺意，她至今一直隱藏在心中，不對，正確來說，是她無從隱藏起的真心現在總算現身了。

「索性，不知那頭黑狼能不能替我殺了妳啊。若是妳在野蠻的黑狼王閨房事上有個不慎，或許會直接割斷妳的喉嚨呢！」

「欸，妳可知道？」王后如歌唱般繼續說，「已婚的男女在床鋪中做些什麼？」王后用帶著慈愛的音色，對著無知的艾黛兒生靈活現地描述男女間的情事。

她的聲音溫柔，眼中卻沒有絲毫笑意。被王后冰冷的紫眼射穿，艾黛兒白了一張臉。

伊斯維亞捏住艾黛兒的下顎，強迫她抬頭，艾黛兒喉嚨乾澀，只有乾燥空氣從她口中流瀉。

「我也替妳準備了結婚賀禮呢。」

伊斯維亞在極近距離對艾黛兒瞇細眼睛，突然放開手。造成艾黛兒精神上的打擊後，她滿足地彎起紅唇，腳步優雅地走出房間。

出發的排場相當簡樸，那是個差不多要開始融雪，即將迎接春天到來的日子。

雖說簡單，四輛馬車加上護衛騎士後的車隊規模也不小，沒有特別的出發儀式，也沒有王室成員的身影，宰相與大臣現身已經很好了。

艾黛兒最後一次抬頭看宮殿。

今天就要與此道別，大概永遠不會再回來。雖然幾乎沒有什麼好的回憶，但對艾黛兒來說，這裡是自己的家。

上馬車之前，艾黛兒對宰相等人致謝：「謝謝諸位為了我準備這麼多陪嫁品。」國庫因為戰爭賠款應該阮囊羞澀，但還是替她準備了保有澤斯王女顏面最起碼的陪嫁品。

艾黛兒最後環伺一圈，發現一位騎士站在送行者的最末端。

（那是……是尤恩大人……）

睽違好幾個月沒見到他了，一想到自己再也無法與總是關心著她的他再見面，才有自己即將前往遠方的真實感。艾黛兒接下來要到一個沒有人認識她的土地。

艾黛兒腦海中浮現那天伊斯維亞毫不隱諱告訴她的男女情事。別稱黑狼王的歐帝斯．法斯納．羅姆．奧斯特洛姆，是怎樣的男性呢？真的如眾多傳言般，是毫無知性、如野獸般的男性嗎？

艾黛兒如接受施恩般被當成王女養大，國王大概也抱著多個棋子有天也能派上用場的打算，才會把艾黛兒當成王女教養。所以她早已預料自己有天得聽從國王命令嫁人。

這場婚姻，是不久前爆發戰爭的兩個國家間為了維持表面和平的行動，艾黛兒肯定不會受到歡迎。

不僅不受歡迎，大概還會因為她是敵國王女，懷疑她可能是洩漏情報給母國的間諜而遭受警戒。雖然早已習慣坐如針氈的環境，但艾黛兒心中仍對婚姻有著淡淡的期待。即使是政治聯姻，或許會因為遠離母國而擁有平靜的生活。結果，那也只是個天真的夢想。

（再見……）

艾黛兒坐進馬車後，巴涅特夫人也跟著坐進來，喀的一聲關上車門。

「從今天起，由我來服侍您。」

她不懷好意地笑彎眼角。

「——！」

「我會代替王后殿下，誠心誠意地教導您。您的失態就是澤斯的失態，糾正澤斯國王的過錯，也是我和王后殿下的使命。」

巴涅特夫人邊看著喉頭緊縮的艾黛兒，宛如盯上獵物的猛獸舔舌般揚起嘴角。

這就是那天伊斯維亞說了替艾黛兒準備的結婚賀禮，派遣巴涅特夫人陪艾黛兒嫁到奧斯特洛姆去。

巴涅特夫人愉悅彎起的眼睛，明白顯示了「艾黛兒無法逃離伊斯維亞的掌心」。

二

在春風造訪奧斯特洛姆王都盧庫斯之前，從澤斯而來的王女一行人抵達了。

奧斯特洛姆的年輕君主歐帝斯禮節周到地親自迎接澤斯王女，牽起她的手領她進宜普斯尼卡城。明明是要成為自己妻子的女性抵達了，他卻毫無動容。

迎接王女入城後，歐帝斯帶著兩個心腹返回辦公室，房內包含自己在內只有三人。

「那麼，對王女的第一印象如何呢？陛下。」

門一關上的瞬間，稍顯不客氣的聲音飛過來。

「現在沒必要喊陛下，這裡只有我們。」

「好啦好啦，你都已經即位了，陛下就是陛下。」

「格律，你別開玩笑，這對歐帝斯大人太無禮了。」

「你老是這樣正經八百的，威奧思。」

名叫格律的青年沒正經樣地聳聳肩，另一位威奧思則維持與生俱來的一板一眼表情。

「格律，是你太輕佻了。」

他們兩人與歐帝斯年紀相仿，是一起長大的兒時玩伴。

格律比歐帝斯和威奧思大一歲，今年二十五，他帶著一點灰的綠眸正閃爍著好奇。有著外國血統的格律，眼睛顏色與一般奧斯特洛姆的人民不同。稍微過肩的頭髮在光線照射下呈現褐色。

「話說回來，歐帝斯大人，請問您對與賠款一起得到的『澤斯白玫瑰』的感想是什麼呢？她與傳聞一樣，是位美麗的公主呢。」

歐帝斯很快已經感到厭煩，格律這男人無論如何都想逼自己表達什麼感情。

「確實是很美麗的公主，態度又乖巧，但反正都是演的吧。再怎麼說，澤斯白玫瑰是位架子大又高傲，仗勢美貌在國內享盡奢華生活，一天到頭找來喜愛的騎士舉辦茶會或音樂會，舞會上也如女王般作威作福的人，對吧？」

「這不是我探聽來的謠言嗎？」

格律靈巧地挑起單眉。

「是啊，正因為如此，從一開始就要多警戒。」

「再怎麼說，都是要成為你妻子的公主耶。」

「格律，第一個跑來說那女人謠言的，不就是你嘛？」

格律是個讓人容易放鬆戒心的人，從以前就特別擅長蒐集情報。雖然也曾和歐帝斯一起策馬在沙場奮戰，但之後多重用他為談判人物。他今後應該會在外交及各種對外談判的事務上發揮能力吧，他本人也如此冀望。

「不管公主的真面目為何，您們就要結婚成為夫妻了，就算只做表面功夫也請維持和睦的形象。若非如此，在這次選后敗陣下來的列西烏斯卿很可能會要您納他的女兒為愛妾啊。」

和格律不同，語氣認真的人是威奧思。身為宰相兒子的他，學業成績從以前就優於劍術，三人中身材最纖細且身高最矮，比起騎馬更喜歡待在城內看書。

替新王歐帝斯選妃的會議中爆發糾紛的事情尚且記憶猶新，一名有權勢貴族直到最後都堅持推舉自己的女兒，但不希望他進一步得到權力的諸侯們拿「維持和澤斯間的和平」為由，薦舉薇蒂亞。

「這次的婚事，同時也是對現在仍輕視我國的西方諸國展現實力的機會。我們是戰勝國，不需要過度討好對方，但需要維持一定禮儀。特別是女性第一次見到歐帝斯大人，都會對您感到畏怯。」

「你可以老實說歐帝斯身材高大、眼神兇惡，所以女性第一次見到他會很害怕啊，威奧思。」

「格律，你這話過分了。」

「格律，你還真敢說。真不愧為二十四小時都追著女人跑的人啊。話說回來，你和之前交往的那個女演員怎樣了啊？」

歐帝斯接在威奧思後面，用有點裝模作樣的聲音問。

「這就任憑你想像啦。」

對此，格律蠻不在乎地回答。

他們從小一起練劍，也以見習騎士的身分一起生活。在歐帝斯即位為國王後，只要三人獨處立刻會變成這樣毫無隔閡的氣氛。

「先別理女演員的事了。先讓公主從旅途中的疲憊恢復，我們在三天後準備了晚餐宴席。在那邊正式見面，之後立刻舉辦結婚典禮。戰爭結束後先王猝逝，接連發生幾件憾事。新王歐帝斯大人結婚，對人民來說是個好消息。」

威奧思把話題拉回正題。

去年，與奧斯特洛姆東南方相鄰的凡謝王國挑起戰爭，當時迎戰的是尚未過世的先王。大概認為國王不在是大好時機吧，在這場戰事尚未結束時，西邊鄰國澤斯的王太子高揭戰旗，攻打西側的納斯德尼地區。

在長久歷史中，奧斯特洛姆建國前的游牧民族不停地往西邊擴大勢力。關於納斯德尼地區的所有權，過去也和澤斯發生過無數次的衝突。

留守王都的歐帝斯組織騎士團，出戰澤斯軍並獲得大勝。之後兩國開始談判，奧斯特洛姆同意澤斯割讓領土的柯馬努夫一帶，並要求賠款。

「好不容易擊退澤斯，和凡謝的戰爭也贏了，沒想到父親大人會突然驟逝……」

那是預料外的悲劇，先王在戰勝的歸途中病倒，他在路上突然痛苦地摀住胸口，就這樣昏睡兩天之後，嚥下最後一口氣。

因為先王猝逝，歐帝斯才會以二十四歲的年輕之姿成為國王，他還有許多事情想向先王學習。

「先王陛下肯定也對歐帝斯大人成家感到開心。」

威奧思穩重的聲音在室內響起。

歐帝斯眺望窗外，陰影處還留有些許殘雪。位於大陸北側的奧斯特洛姆冬日漫長，尚未融化的白色團塊不知為何讓他想起白銀色的公主。

（發生太多事情，我似乎有點感傷起來，這也太不像我了。）

騎愛馬奔馳一下，能否稍微發散一下這份鬱悶心情呢？對即將結婚還沒有絲毫真實感的歐帝斯，對這樁婚姻仍有種事不關己的感覺。

◆

抵達奧斯特洛姆王國後十天。

這國家的年輕君王歐帝斯，迎娶澤斯的白玫瑰薇蒂亞為妻，結婚典禮於宜普斯尼卡城內的教堂舉辦。

這國家在建國時改信聖教，這是大陸最普遍信仰的宗教。

結婚典禮結束後，邀請賓客舉辦晚宴。晚宴後，成為歐帝斯妻子後的第一個工作等著艾黛兒，那就是到國王寢室侍寢。

接下來才要進行晚宴，但艾黛兒已經筋疲力盡了。今天一大早起馬不停蹄地準備，換上奧斯特洛姆的新娘服裝、舉辦結婚典禮只有緊張連連，老實說她根本沒什麼記憶。

而且離開澤斯之後，艾黛兒的生活完全在巴涅特夫人的監控之下，飲食也只有大麥粥與清湯等極為寒酸的東西。

讓巴涅特夫人陪同是伊斯維亞最後的騷擾與惡意，身為王后心腹的她，與在澤斯時同樣虐待著艾黛兒。

換完衣服後，晚宴開始，夫婿歐帝斯就坐在艾黛兒身邊。

正餐室的長桌上，擺放許多為了今日準備的奢侈食材所製作的豪華料理。

雖然肚子咕嚕咕嚕叫個不停，但必須應對前來致意的人們，艾黛兒也沒什麼機會可以進食。

「奧斯特洛姆的食物還是不合妳的胃口嗎？」

在人潮告一個段落時，歐帝斯低沉嚴肅的聲音落在艾黛兒耳邊，她反射性地抬起頭。

但在艾黛兒開口前，坐在一旁的巴涅特夫人搶先一步說話。

「正如同我在抵達後舉辦的歡迎晚宴上所述，公主在澤斯時生活簡樸。肉類等是公主最忌諱的食物，即使結婚，公主的飲食仍舊交給我來管理。」

巴涅特夫人口中的歡迎晚宴，就是他們抵達奧斯特洛姆三天後舉辦的宴席。當時巴涅特夫人對身邊的人灌輸，艾黛兒是信仰虔誠、喜愛粗食的女孩。艾黛兒無法反駁，更正確來說，她根本沒有反駁的勇氣。艾黛兒從小靠著對伊斯維亞及巴涅特夫人百依百順的態度，才有辦法活到現在。

「巴涅特夫人，她不是公主，是我的妻子。今後請稱呼她王后殿下。」

「哎呀，我這真是失禮了。」

身為澤斯權勢貴族之妻的巴涅特夫人，是以賓客身分受邀參加結婚典禮的晚宴。因為體貼艾黛兒，而把她的位置排在附近。

她這絲毫不覺有錯的態度令歐帝斯感到些許不耐，因為成長環境而對人類情感變化敏感的艾黛兒，立刻嚇得繃起身體。

巴涅特夫人抵達奧斯特洛姆後，也毫不隱瞞輕蔑這個國家的態度。雖然在這類公開場合不至於大放厥詞，但她的一言一語中皆透露出澤斯高奧斯特洛姆一等的思想。

「我不知道她在澤斯怎樣，但她已經是我的妻子了。妳明白這代表什麼嗎？今後不管肉還是魚都要好好吃下去。」

「哎呀，您別開玩笑了。王后殿下至今吃大麥粥、清湯和麵包也活得十分健康，我可不希望旁人對王后殿下的生活方式說三道四的呢。」

身為澤斯王后派遣而來的陪嫁人，巴涅特夫人以勝於艾黛兒的高傲態度闊步於宜普斯尼卡城內，作威作福。

奧斯特洛姆的女官及侍女們只是遠遠看著兩人，因為即使建議什麼，也只會得到巴涅特夫人「所以就說妳們這些鄉下人」的嘲諷。

結果在晚宴上因為得應對賓客，最後也沒能好好進食。

離開晚宴的艾黛兒在侍女們的幫忙下，脫下沉重的禮服、清潔身體。薄絹睡衣觸感絲滑，但可能因為不安，艾黛兒的手不停發顫。

在做好侍寢準備後，巴涅特夫人現身。她居高臨下睥睨即將要獻身給蠻族國王的可憐少女艾黛兒，揚起嘴角。接著迅速彎曲身體，用只有艾黛兒能聽見的音量小聲說：

「妳就儘管讓蠻族國王好好寵愛吧，妳這個狐狸精的女兒，取悅男人應該也得心應手吧？」

這冰冷輕蔑的聲音，讓艾黛兒將她與澤斯王后伊斯維亞交疊。

「──……」

「王后殿下，請讓我帶您前往陛下寢室。」

毫無抑揚頓挫的聲音打斷兩人，她是奧斯特洛姆的女官長楊尼希克夫人。擁有典型奧斯特洛姆人黑髮淡藍眼的她，自從艾黛兒抵達這個國家之後，總是用評定的眼神觀察艾黛兒。

巴涅特夫人不被允許靠近國王寢室，她當然對此提出抗議，但現在有好幾位女官用眼神牽制著她。

艾黛兒不自在地邁開腳步，抵達國王寢室。

宜普斯尼卡城豪華穩重，與澤斯的宮殿相比絲毫不遜色。

覆蓋在天鵝絨床幔下的豪華大床，大理石製作的暖爐及擺飾架在燭光照射下描繪出淡淡的輪廓。

「薇蒂亞，真虧妳沒逃跑地來到這裡呢。」

隨之現身的歐帝斯穿著與艾黛兒相同的薄睡衣。

高於艾黛兒的身高及厚實胸膛，帶有些許野性的精悍臉孔，讓艾黛兒不知該把視線往哪裡擺。

黑狼王被人說是野獸、是彪形大漢，但他的藍眼有著理智光芒，低沉的聲音也很悅耳。

而且他在艾黛兒抵達奧斯特洛姆當天親自來迎接她，艾黛兒還記得他的手出乎意料外地溫柔。

他確實比艾黛兒身材高大且表情嚴肅，但很不可思議的是，艾黛兒一點也不怕他。

「薇蒂亞。」

再次聽到他的呼喊。

「……是的。」

艾黛兒緊張得聲音嘶啞，但在寧靜的室內，聲音比她預期的響亮。

歐帝斯緩步朝她靠近，她的視野被他厚實的胸膛占據。他緩緩伸出手，用單手手指捏住艾黛兒的雙頰，強迫她抬頭。
突來的舉動令艾黛兒心臟猛烈一跳。
歐帝斯淡藍色的眼射穿艾黛兒。
「從今天起，妳就是我的妻子，可別做出什麼奇怪舉動，我能立刻割斷妳的咽喉，妳可得牢記在心。」
低沉聲音傳入耳中，艾黛兒被他說出口的話嚇得動彈不得，無法別開視線，好恐怖。
但感到恐懼也僅幾秒，他口中說著「割斷咽喉」，但他看著艾黛兒的眼神真誠清澈——不對，是沒有任何感情。
艾黛兒直覺感覺，他並不厭惡自己。
這肯定是因為從他眼中，感受不到伊斯維亞那般恨不得殺了艾黛兒的強烈憎惡。
「妳打算反駁嗎？」
「……不，沒有，陛下。」
「令人欽佩呢。」
艾黛兒回答後，歐帝斯放開她的臉，但他的視線仍未從艾黛兒臉上移開，強而有力的目光彷彿在試探艾黛兒的真心，艾黛兒不自在地想要逃避。
但歐帝斯不允許她逃避，輕鬆抱起艾黛兒，帶她前往大床。

艾黛兒被放在床鋪上，還來不及不知所措，歐帝斯已經懸於她的身上了。

歐帝斯從上而下俯視著她，不可思議的是她無法別開眼。這是艾黛兒第一次與男性近距離接觸，她突然回想起結婚典禮上的親吻。

為什麼呢？艾黛兒突然非常想逃。這並非因為無法接受歐帝斯，而是因為心胸騷動。不清楚這份騷動的真面目，令艾黛兒手足無措。

「妳怕我嗎？或是不想和我這樣的男人有肌膚之親？」

歐帝斯的嘲笑聲在兩人鼻尖幾乎相貼的極近距離響起。

「……不，陛下，萬萬沒這種事，只是……」

「只是什麼？」

「這是我第一次……」

該如何表現這股心情呢？艾黛兒不知如何是好地垂眉，歐帝斯倒吞一口氣。

言語難以描述的各種情緒湧上心頭。

自己正在欺瞞他。他將要擁入懷的並非薇蒂亞，而是名為艾黛兒的渺小替身。他肯定連艾黛兒的存在也不知曉，雖然被當成王女教養，但艾黛兒從未在公眾場合現身，貴族們也當艾黛兒不存在。

因為這次聯姻，艾黛兒的名字變成了薇蒂亞．艾黛兒．英格思尼．澤斯，這是澤斯做的小把戲，為了能說兩個人都是白玫瑰，所以艾黛兒得到姊姊的名字，姊姊大概也會利用相同手段嫁到哪個國家去吧？

就在艾黛兒沉浸感傷中時，歐帝斯堵住她的唇。和結婚典禮當時不同，這個吻逐漸加深。艾黛兒無法喘氣，身體發顫。

接吻後，艾黛兒暴露在歐帝斯如湖面般的雙眼前。

「澤斯揶揄包含奧斯特洛姆在內的東方諸國是蠻族，對吧？」

「沒有……這回事……陛下。」

歐帝斯在床笫間不停重複可視為自虐的發言，彷彿暗示艾黛兒只是佯裝順從。

這是國與國之間的契約，生於王家者該盡的義務。

蠟燭淡淡火光照射下的陰影，莫名深刻烙印在眼中。

正如在教堂立下的誓言，艾黛兒這天流下破身之血，成為歐帝斯名符其實的妻子。

◆

昏暗室內，白銀長髮在燭光照射下閃閃發亮。

歐帝斯隨意掬起一束散落在床鋪上的細髮，從指尖滑落的銀髮如絲絹般柔順。

初夜情事結束後，「薇蒂亞」失去意識地昏睡，歐帝斯居高臨下地俯視她。

「……到最後一刻都沒抵抗呢。」

輕語說出的這句話，彷彿是要說給誰聽。

肯定因為她超越想像地如夢似幻且百依百順吧，甚至讓人感覺她有所抵抗還比較好。

身旁少女一動也不動，歐帝斯不禁感到不安，把手探到她口鼻旁，確認她雖然微弱也確實在呼吸後，才放下心來。

（那麼，這該怎麼辦才好呢……）

初夜的行為讓歐帝斯些許感傷起來。

眼前的薇蒂亞彷彿對自己的不知所措不在乎、無所謂般沉睡著。

雖然成為夫妻了，但歐帝斯沒打算對她敞開心胸。當然也另外替她準備寢室，原本預定侍寢結束後就要讓她回房。

薇蒂亞翻了個身，棉被因此從她肩上滑落，歐帝斯替她拉好被子，避免她受寒。

不知為何，歐帝斯不想吵醒她。會出現「想讓她這樣繼續沉睡」的莫名其妙想法，是為了對這個政治聯姻贖罪嗎？亦或是——

歐帝斯俯視因為奧斯特洛姆這方的原因，如戰利品般強奪而來的王女。

（反正，妳心中也對嫁到奧斯特洛姆來感到不滿對吧？）

建國僅兩百年的年輕國家的人民擁有黑髮與藍眼，起源於游牧民族。雖然他們將生活基礎從狩獵調整成農耕，建立國都，信仰與西邊國家相同的神明，但西方諸國現在仍輕視奧斯特洛姆是沒有文化的野蠻東方國家。這次的聯姻除了和平的意義外，也帶有報復的意味。

歐帝斯心想「反正她打一開始就瞧不起奧斯特洛姆吧」，所以故意在她面前用往昔的粗鄙自稱，但她既沒有蹙眉，也沒有糾正歐帝斯的用語。

如果她會露出破綻，那就是明天早晨清醒之時。她肯定會對躺在歐帝斯身邊感到驚愕，接著厭惡地扭曲臉孔。

只要自覺自己被她討厭，對歐帝斯來說也好辦事，可以在對她產生感情前劃清界線。

歐帝斯離開床鋪打開門，告訴等候在前室的侍從，要他讓王后就這樣繼續睡，侍從微微睜大眼。

在歐帝斯交代完打算要關上門時，侍從長走進前室來。根據他所言，巴涅特夫人要求他們把結束初夜的薇蒂亞交給她。她高聲大喊要求進入國王寢室，大聲主張她有義務親眼見證薇蒂亞是名符其實的純潔少女。

「你去告訴那位夫人，我就是見證人。」

「遵命。」

侍從長低頭領命。

奧斯特洛姆也知道有這樣的習俗，但怎麼可能允許澤斯的人進入國王的寢室？那女人到底在想什麼，真是的，怎麼會帶一個如此不知廉恥的女人過來。

「啊，除此之外——」

歐帝斯突然想到一件事，交代侍從長官關於明天早餐。

不知是否因為信仰虔誠，聽說薇蒂亞偏好樸實。但整體看起來，她的年齡已經過十五歲了，體型比實際年齡看起來更年幼，原因就出在粗食上吧。

而且她在先前的晚宴上也沒好好吃飯，她在那之後有吃些什麼嗎？

（要是問一聲就好了……）

薇蒂亞已經成為奧斯特洛姆國王之妻了，她在澤斯的習慣與奧斯特洛姆無關，如果不養胖一點，等到她懷孕時可能無法撐過生產。

交代完事情後，歐帝斯回到床鋪正式準備就寢。

身體微涼，歐帝斯拉過睡得香甜的薇蒂亞，恰到好處的體溫讓他感到相當舒適。

先前歐帝斯根本沒想過和女人共寢一夜，但他心想算了。結婚典禮帶來的疲憊與戰爭完全不同，似乎遲鈍了他的判斷能力。

身體因為薇蒂亞沉穩的熱度而溫暖起來，歐帝斯就這樣安然入眠。

「喂，起床。」

隔天早晨，薇蒂亞仍然熟睡。歐帝斯可是警戒著新婚妻子而淺眠，期間還驚醒好幾次呢，這樣不顯得自己像個笨蛋嗎？

她為什麼能如此毫無戒心地熟睡？就算再疲憊，也應該有些作為吧？總覺得很不爽。

「薇蒂亞。」

再次喊她也沒反應。

她只是喃喃地發出不成話語的聲音，翻個身轉過來。

薇蒂亞白皙肌膚闖入歐帝斯視野中，她的身材明明遠遠稱不上豐滿，但白皙肌膚的陰影莫名優美，令歐帝斯不禁屏息。白銀色長睫毛圈出的眼睛緊閉著，櫻桃小嘴微微張開，反覆規律地呼吸。

歐帝斯無意識地伸手碰觸她的臉頰。

彷彿一碰即碎的陶瓷人偶，眼前沉睡的少女真的是人類嗎？歐帝斯為了撇開自己這個想法，喊了第三聲：

「天亮了，起床，薇蒂亞。」

「嗯……嗯唔……」

不一會兒，薇蒂亞的眼睛慢慢睜開，惺忪的紫水晶眼望著他。她似乎還在半夢半醒中，眨了好幾次眼之後才總算對焦，看著在她正前方的歐帝斯，幾秒後：

「呀啊……」

她大概受到驚嚇，小聲尖叫，這出乎直盯著她觀察的歐帝斯意料之外。

這是傲慢自大的女人在裝模作樣嗎？

「薇蒂亞。」

「……」

「薇蒂亞。」

「是、是的！」

「妳睡得還真香。」

這次聽到她些許岔了聲的聲音。

「是、是的……非常抱歉，那個……我占據了陛下的寢殿。」

薇蒂亞慌慌張張地起身，但在發現自己全裸時染紅雙頰，拉過棉被遮掩。

她沒有仰頭看自己，只是低著頭僵住身體。這純情的反應讓歐帝斯輕輕別開眼，兩人之間流竄著奇妙的氣氛。

這簡直跟對初戀不知所措的少年、少女沒兩樣啊。

「妳臉色還很差，再多睡一會兒吧。」

或許因為如此，不禁脫口說出不像自己會說的話，還揉亂了薇蒂亞的銀色長髮。

「但是……」

偷覷的紫色眼瞳與宛如熟透櫻桃般染紅的雙頰，歐帝斯雖然對她生疏的態度感到不悅，也在此時才發現她的白銀長髮非常柔滑。

「別多說了，妳繼續睡。我讓人待會兒送早餐進來。」

單方面告知後，歐帝斯拿起脫在一旁的睡袍，迅速著裝。也順便把她的丟給她。

歐帝斯離開房間前回頭看了一眼，薇蒂亞一臉困惑地回看他。

「快睡。」

「好、好的……」

歐帝斯只說了這句便離開房間。

感覺很不對勁，澤斯王女是那樣乖巧且不習慣與男性接觸的女人嗎？歐帝斯心裡感到些許怪異，但薇蒂亞純真的樣子烙印在他腦海中，不肯離開。

彷彿要甩開這份感覺，歐帝斯交代等候在旁邊小房間裡的侍從、侍女讓薇蒂亞繼續睡，以及等她起床後送早餐進來，接著打理自己。

三

「啪唰、啪唰」的水聲不停在浴室內響起。

從艾黛兒頭上澆下的水原本是溫水，但早已變成完全冷透的冷水了。

藉口要替艾黛兒打理的巴涅特夫人帶她進浴室後，將其他照料艾黛兒的人全趕出房外。

「天啊，沒想到妳這麼快就迷倒男人了，真不愧是妓女的女兒，太骯髒了。」

水聲之間，還聽見女性執拗的聲音。

「身上竟有如此多紅痕，妳這下流的女人。」

巴涅特夫人再次從浴池舀起一盆水，從艾黛兒頭上一口氣潑下。

「真的是、真的是有夠下流。奪走王后殿下的夫婿，下流骯髒卑劣的女人。」

這些嗟怨的話語是針對艾黛兒嗎？或者是想對誰說的呢？艾黛兒不禁產生是自己從伊斯維亞手中搶走國王的錯覺。

規規矩矩等到溫水全冷了之後，巴涅特夫人把艾黛兒丟進浴池中。這還不夠，她把事前準備好的另外一盆冷水從艾黛兒頭上淋下。

出嫁後仍無法從這份惡意中解脫，讓艾黛兒感到疲憊。

「竟然讓他替妳準備早餐，妳這個壞孩子。妳是說了什麼央求國王替妳準備食物？跟那女人一樣用甜膩的聲音細語？閨房中妳都發出怎樣的聲音來啊？」

執拗的話語讓艾黛兒繃緊表情，因為她想起昨晚的事情，難以想像自己會發出那樣尖聲嬌喘。

艾黛兒緊緊閉上眼睛，那就是誘惑男人的女人會發出的聲音嗎？

看見艾黛兒發抖讓巴涅特夫人相當愉悅，不停重複從浴池中舀水往艾黛兒頭上淋。

那彷彿像要洗淨髒汙的神聖儀式。

歐帝斯離開寢室後，艾黛兒聽他的話繼續賴在床上。第一次接納男性的身體筋疲力盡且隱隱作痛，再加上早上起床時歐帝斯出乎意料外的溫柔，讓她放鬆了心情。

房內恢復寧靜，艾黛兒就這樣閉上眼。接下來再次睜開眼，是因為聽到房外傳來高亢的聲音，不，正確來說是驚聲尖叫般的聲音。接著聽見小心翼翼的敲門聲。

艾黛兒慌慌張張從床鋪上起身，穿上睡衣後朝門走去，女官相當不好意思地對她解釋。

聽完女官解釋後，艾黛兒直接衝出國王的寢室。

風暴的中心就是巴涅特夫人。她對沒經過自己允許要給艾黛兒餐點的國王及國王下屬相當憤怒，甚至還想搶奪運送途中的早餐，將其打翻。她也展現出要帶走艾黛兒，即使闖入國王寢室也毫不躊躇的態度，突破侍從與女官的制止也只是遲早的問題。

艾黛兒穿著睡衣出現在巴涅特夫人面前時，她不由分說地抓住艾黛兒的手，把她丟進王后寢室內的浴室裡。

「妳的母親忘了自己是王后殿下的侍女，對陛下搔首弄姿，是個張開雙腿接納國王的下賤妓女。」

巴涅特夫人說出的話全都是伊斯維亞咒罵的話語，她現在仍對艾黛兒的母親懷有怨念。

「妓女的女兒果然也是妓女，髒死了，啊啊，太噁心了。」

艾黛兒不清楚自己的母親現在在哪，甚至連是否還活著也不清楚。她到五歲之前還和母親一起在離宮生活，父親偶爾會來探視她們，祖母——也就是當時的王后，也會來見艾黛兒。

（母親，很溫柔的……）

母親會抱著艾黛兒入睡，無論何時都微笑以待。

只有母女兩人的寧靜生活在某天倏然畫下句點，母親突然失蹤了。艾黛兒在那之後被帶往宮殿，承受王后伊斯維亞與異母兄姊的凌虐長大。

艾黛兒用力閉上眼。她從以前一直守護著記憶中的母親，溫柔撫摸艾黛兒的手，呼喊自己的溫柔聲音。沒問題，全都還好好記得。

「都是因為國王說連妳這樣的小丫頭也要當成王女教養長大……啊啊，當時真是太不甘心了。」

艾黛兒只是一逕忍耐，在浴池中抱緊雙膝，身體僵直如石頭般，直到巴涅特夫人氣消為止。只要她發洩完了自己就能離開這裡，所以現在只能忍耐，這是艾黛兒從小學到的生存方法。哭了只會惹他們更生氣，還會被摑巴掌。只要她想念母親，原本就不多的餐點次數還會再被減少。

不出所料，巴涅特夫人狠毒地罵完艾黛兒一輪之後似乎心滿意足了，將她帶離浴池。但折磨尚未結束。

因為她奪走了艾黛兒的午餐與飲料，女官準備了兩人份的餐點，但艾黛兒甚至不被允許在餐桌旁坐下。

「妳昨天吃了結婚典禮的晚宴了對吧？那今天應該不需要吃飯了吧。」

「但、但是——」

「哦，妳有話想說？難不成妳想要反抗我？」

「——……」

艾黛兒昨晚根本沒吃什麼東西，巴涅特夫人肯定也知道這點，但艾黛兒的喉嚨彷彿被人掐住般，一句話也說不出口。

巴涅特夫人慢條斯理地用餐故意吃給艾黛兒看，艾黛兒連喝一口水也不被允許，服侍的女傭欲言又止地看著。

發現侍女視線的巴涅特夫人邊用紙巾擦嘴邊說：

「我不能讓王后殿下吃這種東西，真是的，這種鄙俗的料理，完全不合我的胃口，果然終究不過是奧斯特洛姆。」

巴涅特夫人「呼」地吐了一口氣之後，命令侍女去泡艾黛兒當作陪嫁品帶來的高級茶葉，從遙遠異國輸入的茶葉是高級品。

侍女有話想說的視線刺在艾黛兒身上，艾黛兒只是緊緊抿唇。

「妳是不聽我的命令嗎？還是妳聽不懂大陸公用語言啊？」

侍女過一會兒才說著「我明白了」，點頭致意後離開房間。

當天傍晚出現了小小騷動，有人造訪王后房間，前往應對的巴涅特夫人歇斯底里的喧鬧聲傳進艾黛兒耳中。

不一會兒，幾個高大的男人毫不客氣地走進房裡來。

艾黛兒見過這深色的騎士服與金色徽章，他們是歐帝斯的近衛騎士。下午連坐下也不被允許的艾黛兒看見闖入者後不停眨眼，好幾個比自己高大的男人俯視自己，讓她不禁往後退。

「竟然沒有我的許可就闖入，你們這群男人太野蠻了！」

巴涅特夫人就在他們後面大吼大叫。

「我們是來傳達國王陛下的諭令，希望王后務必要用晚餐。」

近衛騎士不理巴涅特夫人，朝艾黛兒如此宣告。

「你們做什麼擅作主張！我早已說過了，王后殿下的飲食由我來管理。」

「妳是打算違抗國王命令嗎？王后殿下已經成為陛下的妻子，王后殿下今後的飲食將交由陛下管理。」

「這也太厚臉皮了！真不愧是野蠻人的國王呢。」

「妳說這話太過了，就算妳是從澤斯來的賓客，也請別忘了我國可拿不敬罪治妳。」

近衛騎士高壓且不容反駁的態度，讓巴涅特夫人氣得咬牙切齒。她眼中燃起熊熊怒火，但騎士們也沒打算退讓。

「王后殿下，晚餐已經準備好了，還請移駕餐廳。」

其中一位近衛騎士上前催促艾黛兒。

艾黛兒的雙腳彷彿被釘在地上，絲毫無法動彈。

她從昨晚起幾乎沒有進食，今天從早到現在滴水未進，飢餓與乾渴讓她的身體發出抗議。

「薇蒂亞大人，您應該明白吧。」

巴涅特夫人的言外之意是「別跟近衛騎士們走」。

這聲低語成為束縛糾纏住艾黛兒的雙腿，她不能反抗，要不然將會受到加倍的折磨。

額頭開始冒汗，心悸，呼吸變得粗淺。

（怎麼辦……我該怎麼辦才好？）

就在艾黛兒臉色幾乎發白時，近衛騎士們身後傳來另一個新的聲音。

「薇蒂亞，我聽說妳沒吃午餐。」

國王一登場，騎士們迅速移動讓出艾黛兒面前的空間。轉眼間走到艾黛兒面前的歐帝斯低頭俯視她，淡藍色的眼睛彷彿玻璃彈珠。

「……那……那個……」

喉嚨乾渴地只能發出嘶啞聲音。

「為什麼不吃飯？」

歐帝斯相當不悅，不，是在生氣，他這副模樣讓艾黛兒恐懼。

「哎呀，陛下，您真是粗暴。正如我一開始所說的，薇蒂亞大人平時習慣粗食，而且奧斯特洛姆的飲食……就算勉強能吃，也不可能會合薇蒂亞大人的胃口呢。」

巴涅特夫人搶在艾黛兒之前開口說，嘲弄奧斯特洛姆的聲音讓房內的溫度降低了幾分。

「這國家的飲食令妳不悅？」

歐帝斯的聲音變得更加低沉。

艾黛兒的臉越變越蒼白，這國家的食物很好吃，她肚子真的很餓。很想吃飯，很想喝水，但要是反抗會遭受更過分的對待。艾黛兒能在心中大聲吶喊，但現實中她只是仰頭看著歐帝斯，不停重複粗淺呼吸。

她不是想惹怒這個人，不知道該如何是好。

艾黛兒快要到極限了。夾在歐帝斯與巴涅特夫人之間，飢餓的身體先提出抗議，她的腳使不上力氣，瞬間虛軟。

歐帝斯在她跌坐在地前抱住她，接著直接打橫抱起朝房門走去。

「你要把她帶去哪！」

「與妳無關。」

「與我無關？我可是受到澤斯王后殿下親自吩咐，要我好好教育她的呢！」

巴涅特夫人面對國王也絲毫不畏怯。

「她已經是我的王后了，這裡不是澤斯，是奧斯特洛姆。妳沒資格指點我要怎麼對待我的妻子，當然，澤斯王后也沒資格。」

歐帝斯低聲說完後，直接走出房間。

艾黛兒只能在他的懷抱中呆呆地觀望事態發展。

歐帝斯毫不迷惘地帶著艾黛兒走進另一個房間，將她放在設置於房間中央的長椅上。立刻有女官端水來，艾黛兒無法忍受乾渴地大口大口喝完，水中有淡淡柑橘類的香氣。

「還有。」

女官長楊尼希克夫人拿過艾黛兒手中的銀製高腳杯，替她倒水，艾黛兒感到有點不好意思，這次慢慢喝。

「陛下，餐點要送到這裡嗎？」

「送進來。」

「那個，這裡是……？」

看見歐帝斯和女官長的對話告一個段落，艾黛兒怯生生地問。

「妳昨天不就睡在同一間房裡的床上嗎？已經忘了嗎？」

也就是說，這裡是歐帝斯的房間。昨天很暗加上緊張，所以艾黛兒不太記得。

不知何時，歐帝斯也在艾黛兒身邊坐下，艾黛兒莫名感到他的視線，而他也確實正在觀察艾黛兒。身體原本靠在椅背上的艾黛兒，突然坐立不安地想直起身體，但歐帝斯溫柔制止她。

「妳身體沒力氣吧？都是因為妳不吃午餐才會這樣。」

「……」

雖然並非自己的意願，但若直言是巴涅特夫人不准她吃午餐，就可能遭逼問兩人之間的關係。如此一來也會連帶揭穿艾黛兒是替身的事實，這肯定會加大兩國間的嫌隙。

艾黛兒沉默不語，她感覺沉默特別沉重，是因為自覺是假冒者。

不一會兒，料理送進房內。食物香氣騷動鼻腔，艾黛兒的肚子小小聲地主張自我。那似乎被身邊的歐帝斯聽見，不小心和歐帝斯對上眼的艾黛兒羞得慌慌張張低下頭。

所以她沒有發現歐帝斯稍微驚訝地睜大眼。

「這是國王命令，用餐吧。」

歐帝斯平淡地下令。

艾黛兒仍無法動彈，如果讓巴涅特夫人知道她用餐了，她肯定會受罰。和今天相同對她澆冷水，或是在看不見的地方留下傷痕。

即使如此，想吃東西的渴望仍不停從身體內側湧出，房內充滿美味香氣，胃受到刺激，口中不停分泌唾液。

「薇蒂亞。」

歐帝斯起身，柔柔地抱起艾黛兒，艾黛兒彷彿就跟羽毛一般，這對他來說是輕而易舉的事情吧。

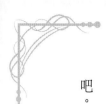

他厚實的胸膛就在臉頰旁邊，回想起昨晚的情事，艾黛兒獨自羞紅臉頰。他肯定沒任何想法吧。艾黛兒輕輕抬起視線，他仍是平淡的表情。

感覺只有自己莫名意識到，讓艾黛兒害羞不已，他精悍的臉孔乍看之下很恐怖，但艾黛兒不知為何不怕他。是因為他今天早上溫柔地摸頭的關係嗎？

「怎麼了？」

「沒有……」

似乎是看過頭了，艾黛兒慌慌張張別開視線。

餐點在房間一隅的圓桌上準備好，歐帝斯將艾黛兒輕輕放在椅子上。

（肚子……好餓。）

還冒著熱氣的燉煮料理，讓艾黛兒不禁嚥了嚥口水。

「來，用餐吧。」

「……那個……但是……」

「怎麼？」

「……要是吃了……」

會被罵。艾黛兒沒說出下一句話，但無意識地看著門的方向。

「這國家權力最大的人是我，而我要妳吃飯。這與澤斯王后和巴涅特夫人無關。快吃，薇蒂亞。」

最後一句話融化了艾黛兒的猶豫。

這國家的國王要她吃飯，這是命令，所以她可以遵命吃飯。

艾黛兒慢慢拿起叉子，燉煮得軟嫩的牛肉一放入口中瞬間融化。溫暖的食物滑過喉嚨、進入胃中，肚子一點一滴得到滿足。搭配肉類料理的醋漬蔬菜，以及搗碎的芋頭料理都非常美味。

在艾黛兒緩慢進食中，歐帝斯也開始用餐，看見艾黛兒睜大眼睛後說了「偶爾這樣也不錯。」

只有兩人的晚餐很安靜，但艾黛兒已經很久沒感受過這種和誰一起用餐如此安穩平靜的感覺了。

「這樣就夠了嗎？真的嗎？到了這個時候，妳還想限制用餐嗎？」

艾黛兒已經吃飽了，但歐帝斯對她的食量似乎很不滿。

「沒、沒有，我已經吃飽了。」

「真的嗎？」

歐帝斯問了好幾次，甚至命令女官再拿一份過來。

「陛下，請恕我僭越，每個人都有自己最適當的食量。」

楊尼希克夫人委婉地阻止歐帝斯，讓艾黛兒鬆了一口氣，她真的已經吃不下了。

「是這樣嗎……」

歐帝斯帶著仍無法接受的表情不情願地回應，這不是國王的表情，而是歐帝斯真實無偽的表情，輕柔地在艾黛兒胸中點亮了什麼。

「……那個……非常好吃。」

也不知他有沒有聽見這細小的聲音。

「……和您、一起用餐……那個，真的很感謝您。」

即使如此還是努力表達，因為艾黛兒認為他希望自己能多吃一點，是在擔心自己。

「……不會，這點小事不需要道謝。」

獲得了有些許冷漠的回應。

◆

歐帝斯和兩個心腹一起聽侍從長的說明，這是楊尼希克夫人提出的報告書。

「她們的關係感覺很不尋常，畏懼巴涅特夫人的薇蒂亞大人，以及為所欲為控制她的巴涅特夫人。」

在門關上，房內只剩下三人後，格律直接說出感想。

「是啊，那樣看上去根本搞不清楚誰才是主子。」

看在歐帝斯眼中，那兩人之間的關係相當異常。

結婚典禮後已過數日，歐帝斯白天忙於公務，有時也會因為視察離開王城。就算對薇蒂亞和巴涅特夫人的關係感到很不對勁，也無法二十四小時盯著不放。

「有派人前往澤斯調查了吧？」

「是的，遵照你的命令。」

格律點點頭。

「薇蒂亞畏懼巴涅特夫人，即便是母親的首席女官，也是她的臣子，她為什麼需要如此顧慮那個女人呢？」

這點教人感到十分不對勁。

目前相處的機會還不多，但薇蒂亞明顯相當顧忌巴涅特夫人，害怕惹巴涅特夫人不開心。

「包含這點在內，只要得知結果就會立刻報告。」

這類調查工作是格律的專長，絕對比歐帝斯和藹可親的他，從以前就很擅長解除他人的戒心，不僅如此還劍術高超，真令人羨慕。

說起為什麼會這樣想，是因為不知薇蒂亞是否對歐帝斯感到緊張，總是怯生生的。歐帝斯並不打算讓她感到恐懼，她卻擅自先劃出界線，歐帝斯對此有些許不滿。

「陛下方才已經下令別讓王后殿下與巴涅特夫人兩人獨處，在調查結果出爐之前，我們也只能觀察狀況了。」

「但巴涅特夫人是那樣的貴婦人啊，威奧斯，你認為她會乖乖聽命嗎？」
格律不置可否地搖搖頭。
「那位貴婦人確實很輕視奧斯特洛姆，但只要她待在這個國家一天，國王的命令就絕不可撼動。」
他們不動聲色地派人監視薇蒂亞與巴涅特夫人，因為新嫁娘以親信名義帶間諜入國，並傳遞有利消息給母國是十分常見的手段。
「再加上那位貴婦人彷彿完整重現了澤斯這個國家啊。」
格律揶揄巴涅特夫人那個高傲的態度。
「澤斯也真是派了個棘手人物跟著王后殿下。」
「因為歐帝斯大人將澤斯的王太子打個落花流水嘛，算了，大概就是最後的掙扎吧？但話說回來，她的行為還真令人費解。」
威奧斯說完後，格律也接著說。
「那些針對薇蒂亞的找碴行為，又是為什麼呢？」
根據楊尼希克夫人的報告，奧斯特洛姆的女官和侍女白天也無法靠近薇蒂亞，巴涅特夫人極度不願讓薇蒂亞與第三者說話。
巴涅特夫人每天都會服侍薇蒂亞入浴，花費很長的時間打理，楊尼希克夫人擔心準備好的熱水會變冷，打算越過門扉問一聲，接著看見一幕相當詭異的光景。

這件事也透過侍從長傳進歐帝斯耳中。

（她讓薇蒂亞長時間浸泡在冷水中，不停辱罵薇蒂亞等等……這真的是對主子做出的行為嗎？）

歐帝斯在心中自問。

穿過薄薄門扇傳出來的聲音，全都是令楊尼希克夫人驚訝不已，巴涅特夫人不停辱罵薇蒂亞「妓女」。而且這還無法讓她滿足，她拿著什麼棒棍不停戳壓薇蒂亞的肚子及後背。

楊尼希克夫人慌慌張張跑進去阻止，巴涅特夫人一瞬間睜大眼，接著立刻哄堂大笑：「真不愧是奧斯特洛姆的人呢，真是一點禮貌也沒有。」

聽到報告的歐帝斯下命，絕對不能讓巴涅特夫人和薇蒂亞兩人獨處。

其他還有許多與她有關的怪異舉止。

那個女人試著問出薇蒂亞帶來的陪嫁品保管在何處。薇蒂亞嫁過來時，帶了用碩大寶石製成的服飾配件、精緻蕾絲製品及宮廷服等物件，奧斯特洛姆的女官將這些東西收放到各自的位置，而巴涅特夫人執拗地想問出所有東西的存放位置。

「歐帝斯大人對薇蒂亞大人還真是掛心呢。」

歐帝斯發現格律這段話有言外之意，輕輕地皺起眉頭。

不對，單純只是自己過度反應。

「聽說每天都找她侍寢之類的。」

「……又沒關係，她是我妻子啊。」

「是啊，是妻子嘛。」

歐帝斯斜眼瞪了格律一眼。

國王的其中一個職責就是留下後代，國王與王后在同一個寢室共眠，這也讓臣子們放心吧。

明明不打算過度袒護政治聯姻的妻子，但不知為何視線直追著她跑，感覺被她那水晶般透明的紫色眼瞳吸進去似的。

今天早晨也是。剛睡醒而毫無防備的薇蒂亞認出自己後屏息的瞬間，看著她不知該如何應對而慌張的樣子，歐帝斯冒出想讓她更傷腦筋的想法，不禁吐嘈自己的大腦「你是愛惡作劇的小孩嗎？」不，不對，只是想要看見她更多不同的反應。彷彿想要甩開自己心中意外的幼稚想法，歐帝斯將話題拉回來。

「總之，我們現在是在談論巴涅特夫人。」

威奧斯接著輕語：

「除了和澤斯間的外交關係外，這國家裡還有堆積如山的各種問題啊。」

「我知道。」

奧斯特洛姆因為同時發生兩場戰爭導致內政停擺，又加上先王驟逝，導致國家出現各種紛擾。看在輔佐父親的重臣眼中，這位年輕國王還不足以擔綱大任，一部分人以「觀察狀況」為藉口和歐帝斯保持距離。

歐帝斯擺出嚴肅表情，進入下一個議題。

◆

和歐帝斯單獨用晚餐那天後又過了幾天，在歐帝斯命令下，艾黛兒的飲食完全置於他的監視之下。

多虧如此，艾黛兒不需要擔心飢餓，但在歐帝斯沒辦法親自坐鎮時，必定會有一位近衛騎士在旁監督，這讓人有點無法放鬆。

還有另一個變化，就是巴涅特夫人被迫與艾黛兒隔離，這是因為歐帝斯的侍從長與楊尼希克夫人不再屈服於巴涅特夫人的傲慢態度了。不管她如何歇斯底里怒吼，兩人都拿「國王的命令」當盾牌，堅持不退讓。

意外得到安寧生活讓艾黛兒鬆了一口氣，但也不由得哪裡感到恐懼，因為艾黛兒感覺巴涅特夫人更加不耐煩了。

艾黛兒的晚餐都會準備在歐帝斯的房內，用完餐後繼續待在他身邊，和他一起迎接隔天早晨。

「過來這邊。」

歐帝斯說完後艾黛兒在他身邊坐下，和他拉開一點距離落座後，他的手環到艾黛兒身後將她拉近。艾黛兒任由理所當然碰觸她的歐帝斯動手，自然地靠在他身邊。

「聽說妳每天都有好好吃飯。」

「是的。」

自己對他來說應該是保持警戒的對象，為什麼要讓自己待在他身邊呢？即使需要後代，也沒有餐後還待在一起的必要。回想起夜間的閨房之事，被他碰觸的地方逐漸發熱，讓艾黛兒坐立難安。

「妳再吃胖一點比較好，現在這樣感覺輕而易舉就會折斷。」

艾黛兒不解他這句話的意思，不禁抬頭看歐帝斯。因為兩人身高差距，即使坐著，他的臉還是離艾黛兒有點遠。

藍色眼睛在燭光照射下定定看著艾黛兒，剛繼位不久的年輕國王，或許不喜歡艾黛兒這樣纖瘦的女孩。

「陛下比較喜歡豐腴的女性嗎？」

「……我不是這個意思。」

歐帝斯微瞇眼睛，讓艾黛兒發現她說錯話了。

「吃多點身體也會變得更強壯，所以我才要妳多吃點。」

「……是的。」

看來歐帝斯是擔心艾黛兒太瘦了。

但要她吃胖也很難，艾黛兒一直過著食不充饑的生活，大概是歐帝斯的意思，最近餐桌上有許多肉類料理。

艾黛兒微微低頭，現在待在他身邊還會緊張。感覺他的視線落在自己身上，會如此自我意識過剩，是因為室內只有兩人獨處嗎？

實際上歐帝斯也低頭看著艾黛兒，但她沒有發現。

「妳在母國最喜歡什麼？」

「……我不怎麼挑食。」

「這樣啊。」

艾黛兒的生活環境沒有好到讓她有辦法挑食，稀薄的大麥粥和沒什麼料的湯都是珍貴的食物。

歐帝斯沉默後室內突然變得安靜，今天似乎沒有風，外頭靜謐無聲。艾黛兒呆呆地看著燭光搖動。

（我是不是該說些什麼話就好了，但或許歐帝斯只是在觀察自己而已；而且政治聯姻嫁過來的女人吵吵鬧鬧、說東說西的，可能會讓他不高興。

就在他身邊想著這些難題時，也在不知不覺中放鬆力量。這樣說起來，歐帝斯的手還環在她身後，時至此時突然意識到這一點。

這是夫妻間正確的距離嗎？艾黛兒身邊沒有範本參考，她也不太清楚。但如果他沒打算放開自己，維持這樣比較好吧？

現在這靠在丈夫身上的狀況，讓艾黛兒感到很奇妙，同時也發現自己不討厭這份靜謐。雖然無法猜測出他內心正在想些什麼，但從他的氣息感覺起來，至少知道他沒有感到不悅。

「想喝嗎？」

他把手上的高腳杯遞給艾黛兒，是裝有餐後酒的杯子。從剛剛起，他就時不時地啜飲手上的酒。

「那個……我沒有喝過酒。」

「這樣啊，感覺妳喝了這個會醉得暈頭轉向呢。」

看見艾黛兒搖搖頭，歐帝斯嘴角微微彎起曲線。

（……陛下笑了……）

曇花一現的表情烙印在艾黛兒腦中不離開。

這是為什麼呢？心胸莫名騷動。

「怎麼了嗎？妳想喝什麼嗎？」

似乎盯著他看過頭了，艾黛兒慌慌張張低頭，和方才同樣搖搖頭。

那天晚上，艾黛兒也被傳喚到歐帝斯的寢室。離開澤斯前早有人告訴她，為國王生下後代是嫁進王家之女的任務。

寢室內燈火熄滅，在靜謐暗夜支配下，總會情不自禁地意識起身邊的歐帝斯。

「睡不著嗎？」

聽到身邊傳來低沉聲音的細語。

因為沒聽到他睡著的沉穩呼吸，艾黛兒也想著他大概還醒著，但沒想到他會開口說話。

「……」

這種時候該怎麼回答才正確呢？

雖然和歐帝斯同床共寢已成慣例，但艾黛兒還是有點緊張，肯定因為她還沒習慣與人共眠。

而且說起來，她根本不習慣和人如此近距離接觸，所以需要很長時間才有辦法入睡。

對他來說也是相同吧，即便是妻子，敵國的王女每天睡在身邊，歐帝斯也無法鬆懈吧。

「那、那個……每天都在陛下的寢室叨擾……那個……」

艾黛兒開口說出這幾天始終感到疑問的問題。

「妳討厭和我在一起嗎？」

「不、不是……」

歐帝斯回應的聲音比平常更加低沉，讓艾黛兒不禁發抖，她說了什麼話惹怒他了嗎？

艾黛兒稍微轉頭窺探身邊歐帝斯的表情，失去燈光的室內昏暗，無法讀取他的表情。

雖然很緊張，但艾黛兒不討厭歐帝斯的體溫。歐帝斯緊盯著艾黛兒觀察的視線中，沒有絲毫惡意。

被他沉靜的藍眼捕獲時都有種被吸進去的感覺，艾黛兒回想起方才感受到的心胸騷動，心跳加快。

「那妳就待在這。」

「好。」

輕聲細語傳進耳中，艾黛兒乖乖地點頭。

有人在身邊讓艾黛兒感到很不可思議，她在澤斯時總是孤單一人。服侍她的女官和侍女全都顧忌著伊斯維亞。

「睡不著嗎？」

見艾黛兒遲遲不入睡，歐帝斯大概看不下去了，開口問道。

「……我也不清楚。」

「是這樣嗎。」

歐帝斯低喃後換個姿勢，徐徐地朝艾黛兒伸出手，碰觸她的銀髮，梳整她如絲絹般散落在床鋪上的細髮。

一開始艾黛兒因此心跳加速，但在歐帝斯反覆相同行為後，也逐漸放鬆平靜下來。

歐帝斯的手動作輕柔，不帶任何情色。

或許他也無法入睡。

「父親以前曾說過，只要這樣做，我妹妹就能立刻睡著。」

他的聲音中帶著懷念，現在在身邊的或許不是奧斯特洛姆的國王，回憶起父親的那個聲音，感覺起來就跟普通青年相同。這種想法很不敬嗎？但與之同時，得知他毫無偽裝的一面，讓艾黛兒心頭騷動。

溫柔撫觸艾黛兒頭髮的動作，喚醒艾黛兒遙遠的記憶。

閉上眼睛，感受身邊丈夫的體溫。感受體溫近在身邊這件事讓她好懷念，她以前也這樣在最喜歡的人懷中入眠。

「母……母……親……」

抱著怕寂寞的艾黛兒入睡的人是母親，在艾黛兒睡著之前溫柔撫摸她的大手，在耳邊呼喊艾黛兒之名的聲音。

為什麼現在會想起過往的幸福記憶呢？艾黛兒就在巨大的溫暖包圍下步入夢鄉。

◆

巴涅特夫人即使感到煩躁，也窺探著機會。

結婚典禮結束後，護送新娘前來的人已經步上歸國之途，只留下巴涅特夫人一人。而她的行動範圍正被含蓄地不停限縮。

巴涅特夫人是收到密令才會留在奧斯特洛姆。

（再這樣下去，我無法執行王后殿下的命令……王后殿下命令我要殺了艾黛兒。如果無法確實完成這件事，我就不能回澤斯。）

為了實現主子長年以來的願望，自己才會前來奧斯特洛姆。

伊斯維亞憎恨艾黛兒，丈夫國王與其他女人私通之罪的證據，就是艾黛兒。

原本只是王后貼身侍女的那女人，成為國王的女人後在離宮生活，甚至還生下孩子。國王頻繁地去找那女人，澤斯國王竟然在一介侍女身上尋求愛情。

是那女人誘惑國王，利用美色懷上國王的孩子，是個恩將仇報的可恥妓女。

（好不容易可以把那小丫頭趕出澤斯，但小丫頭這麼快就攏絡了奧斯特洛姆的國王……母女令人厭惡之處還真是一個樣。）

在澤斯國內，艾黛兒受到國王的一句話保護著。

——將她當作王女教養長大。

因為這句話，伊斯維亞無法殺了艾黛兒。國王雖然看似不在意，仍維持最低限度加以保護，將艾黛兒教養成不愧為王女的人；如果沒有展現出相對成果，國王就會用侮蔑的眼神看王后，並解雇艾黛兒的老師。

終於，艾黛兒離開澤斯了，到了國外，國王保護她的這段話便形同虛設。

好不容易等到機會，卻接著有奧斯特洛姆國王擋在前方。他的存在非常棘手，老是阻撓自己。在國王命令下，加強監視巴涅特夫人的力道，強迫疏遠她和艾黛兒。

其實原本打算要慢慢殺了她，一點一滴削弱她的力量，折磨她，如同一根一根拔掉小鳥羽毛般，逐步凌遲。這也是伊斯維亞和自己的願望。

但，或許差不多該收手了。

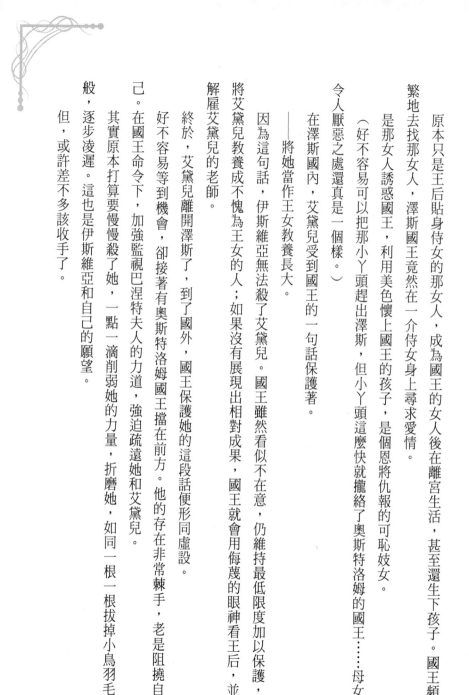

巴涅特夫人尋找艾黛兒出嫁時的陪嫁品收藏位置，這件事似乎傳進國王耳中，對她的監視也因此變得更加嚴厲。

那些原本是為了薇蒂亞準備的東西，澤斯國王卻給了那可恨女人的女兒。伊斯維亞王后打開陪嫁品清單時嚇得睜大眼還對澤斯國王抗議，但國王絲毫不理會。早在好幾年前，澤斯國王就對王后失去興趣。

如果自己的行動範圍遭限縮，那就只有改變做法了。

肯定會出現機會，巴涅特夫人佯裝不再在意艾黛兒，繼續生活。

接著，引頸期待的這天終於到來了。

為了視察，歐帝斯離開宜普斯尼卡城，且天公作美從傍晚開始下起綿綿細雨，這樣的雨天可以遮掩聲音與氣息。

覆蓋天空的雨雲相當厚重，這看起來會一路下到明天早晨。

（啊啊，我終於可以告別這個野蠻國家了。）

巴涅特夫人露出愉悅笑容，她要親手殺了那可恨的女孩，一想像那女孩絕望的表情，就讓她感到無可言喻的甜美陶醉。

四

這天，宜普斯尼卡城充斥著有點冰冷的空氣，大概是因為下雨天吧。

歐帝斯為了視察帶著心腹們離開王城，預定明天回來，而艾黛兒也久違了地獨眠。大概是因為這樣，才感到寒冷吧？

王后的寢殿裝飾著女性化色彩的壁紙和地毯，令人看了心情愉悅，但獨眠的床鋪讓人感覺莫名寬敞。

不知何時已經習慣在歐帝斯身邊入眠了，和他共度的時光明明才只占人生的短暫時刻啊，現在卻對他不在身邊感到寂寞。

今天早晨當歐帝斯說要出門時，艾黛兒說了一句「路上小心。」他接著稍微揚起嘴角回應：

「我出門了。」

明明只是單純互相問候，卻莫名鮮明地留在心中。

現在也是在獨寢的被窩中想起當時的互動，冒出希望他快點回來的念頭，讓艾黛兒感到不知所措。肯定是因為和他在一起就能忘卻孤獨，沒有其他意思。艾黛兒如此說服自己，用力閉眼。

不知何時進入夢鄉，但似乎睡不沉，半夜突然恢復意識，大概是雨越下越大，可以聽見雨滴打在窗戶上的聲音，接著又聽見雷鳴聲，艾黛兒「咿呀」地縮起身體。

就在那之後，某個人粗暴地將艾黛兒拉下床。她完全搞不清楚發生什麼事情。外面響起巨聲。雷鳴後，光線從窗簾縫隙照入房內。看見光線中現身的人影，艾黛兒嚇得一句話也說不出來。

巴涅特夫人就站在艾黛兒身邊，低頭俯視跌坐在地上的她。

「別……！」

身穿樸素衣服的她面無表情，迅速抓住艾黛兒的手拉她起身，艾黛兒怕得身體不聽使喚。

為什麼？她到底是有什麼目的，會在這個時間出現在這裡？

如此思考的同時，腦海一隅也敲響警鐘告訴艾黛兒「這是她的復仇」，艾黛兒違反了她的意思，擅自用餐，對能遠離她感到安心，享受溫暖與安適生活。

所以她今天才會來到這裡，她不可能放過歐帝斯不在的絕佳時機。

「來人——」

「妳給我安靜。」

艾黛兒做出些微反抗，巴涅特夫人毫不留情地一掌摑上她的臉頰，絲毫沒控制力道，艾黛兒一瞬間失了神。

「啊啊……這表情真棒，最近受到細心照料，妳肯定很開心吧？」

「——！」

充滿憎惡的聲音黏呼呼纏上身，瞬間就令艾黛兒無法動彈。

「來，跟我走。」

巴涅特夫人拖著艾黛兒走出房間。

她腳步堅定地穿過相鄰小房間，打開前往露臺的玻璃門，把艾黛兒丟出去，如同丟棄物品般讓艾黛兒的身體重重撞在露臺上，她當場縮起身體。

大雨打在艾黛兒身上，初春的雨水冰冷，毫不留情地奪走僅穿一件單薄睡衣的艾黛兒的體溫。

「其實我原本打算要慢慢殺了妳的，但沒時間了啊。」

「別……」

艾黛兒好不容易坐起上半身抬頭看巴涅特夫人，她站在玻璃門的內側俯視著艾黛兒。

「妳接下來要在這邊自殺。被蠻族國王玷汙身體，因為這份屈辱而割腕求死——這劇情很棒對吧？」

艾黛兒不停顫抖，她也搞不清是因為寒冷還是因為恐懼，或許兩者皆是吧。

雷鳴再度響起，一瞬間閃光時，看清巴涅特夫人手上握著什麼。

「啊啊，太漫長了，自從妳出生之後……我一直、一直恨不得快點讓妳死，今天終於可以殺了妳了。」

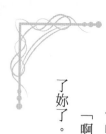

「要是殺了我……巴涅特夫人，妳也沒辦法置身事外……」

艾黛兒是以和平的象徵嫁來奧斯特洛姆，她已經是歐帝斯的妻子，要是巴涅特夫人被人發現她殺了王后，絕不可能無罪釋放，且會毀壞和平。

「哎呀，還真善良，妳在擔心我嗎？」

巴涅特夫人扭曲著表情揚起笑容。

「別擔心，妳是自殺的啊，我會確實替妳留遺書。殺了妳之後，我會立刻離開這個王城，伊斯維亞大人已經替我準備好待在王都盧庫斯的人手，協助我回國。」

她又接著說：「所以妳就放心去死吧。」

（不要……我還、不想死……）

恐懼中，艾黛兒想要活下去。腦海中浮現歐帝斯的身影，自己明明不對任何事物執著的，為什麼會想起他的臉呢？

艾黛兒使出全身的力量起身，想要攀住巴涅特夫人。

巴涅特夫人打了艾黛兒一巴掌，用力將她推倒在露臺上，身體遭受重擊，讓艾黛兒當場縮成一團。

「妳就在這淋雨到更虛弱點吧。」

冰冷的雨水毫不留情地打在艾黛兒身上，她的體力逐漸流逝。指尖凍得無法動彈，牙齒不停打顫，呼吸也變得微弱，艾黛兒只能緊緊縮成一團。眼瞼沉重，意識開始模糊，再這樣下去真的會死掉。

到底過多久了呢？「喀嚓」玻璃門再度被打開。

巴涅特夫人緩步走出露臺，抓起艾黛兒的頭髮逼她抬起頭。

「差不多變得虛弱了吧，啊啊，這表情真棒。接下來就只剩下替妳的手腕割一刀了。」

「不……要……住手……」

她試圖要讓艾黛兒的慣用手拿起拆信刀，為了偽裝成自殺，不讓艾黛兒自己握刀就沒有意義。

「如此一來，我也能對長年的罪惡贖罪了。」

見到即將得償夙願，巴涅特夫人多話了起來。

「要是我沒有提拔妳的母親成為伊斯維亞王后殿下的侍女，就不會發生那種事情了……那個女人……那可惡的女人。」

意識逐漸遠去中，艾黛兒才終於知道她憎恨自己的理由。

明明想著得反抗才行，但身體沉重使不上力。只要那東西抵上手腕柔軟的地方，肯定會鮮血如注吧？如此一來，自己就會死掉。歐帝斯看到假遺書時會怎麼想呢？肯定會相信艾黛兒討厭他。明明不希望這種事發生，但因為恐懼、疼痛以及冰冷的雨水，讓她身體無法動彈。

「去死吧！」

「住手呀啊啊啊！」

就在意識斷絕之前，感覺在巴涅特夫人的聲音之後，聽到年輕女性的驚叫聲。

◆

總感覺心神不寧。

歐帝斯結束視察後，急忙趕回伊普斯尼卡城。

但雨越下越大，歸途道路比想像的更加泥濘不堪，他們不得不繞道而行。

隔天中午過後，才一回到王城便接到令人震驚的報告。

「王后差一點被巴涅特夫人殺了？」

歐帝斯一聽完立刻前往薇蒂亞，不對，是名為「艾黛兒」的少女身邊，跟在他身邊奔跑的侍從長開口。

「侍女千鈞一髮之際阻止才平安無事，但王后現在高燒不退。」

那女孩是薇蒂亞的替身，是和澤斯王后親生的王女同年出生的異母妹妹，歐帝斯在出門視察當天早上得知這個消息。她真正的名字是艾黛兒。聽到格律帶來的報告，歐帝斯和威奧斯都嚇了一大跳。

走進王后的房間，艾黛兒躺在床上反覆粗淺的呼吸，她的雙頰因為高燒染紅，雙眼緊閉，絲毫沒有察覺歐帝斯現身。

令人心疼的樣子揪痛歐帝斯胸口，對如此對待她的巴涅特夫人湧現熊熊怒火。

「報告詳情。」

歐帝斯命令隨侍身後的侍從長，他們換了地點，到隔壁的小房間和威奧斯一起聽報告。

「發現巴涅特夫人的犯行並加以阻止的，是王后殿下專屬的侍女尤莉葉。」

侍從長開始從頭說起昨晚發生的事情，侍女尤莉葉半夜因為雷聲越變越大而驚醒，接著就睡不著了。

風雨打在窗戶上，雷聲近在咫尺。她猶豫了一會兒之後悄悄離開房間，因為她想著王后很可能因此感到害怕。雖然她十分明白沒有接到傳喚不可擅自進入王后的房間，但她非常擔心。

對尤莉葉來說，王后薇蒂亞很溫柔，是體貼身為侍女的她的美麗主子。她在短短時間內已心醉於這位主子，燃起保護欲的她在轟聲雷鳴中發現，王后房間附近房間的玻璃門很不自然地敞開著。

「接著尤莉葉目擊了巴涅特夫人……即將要殺害王后的場面，一心只想著要阻止巴涅特夫人。」

「陛下，正是如此，那女人手中拿著拆信刀。聽說薇蒂亞大人被丟在露臺上，全身溼透地倒在那裡。聽說，巴涅特夫人被阻止她的尤莉葉嚇到，心神錯亂地不停重複著說要殺了那個女人。」

尤莉葉奪走巴涅特夫人手上的凶器後立刻揚聲大喊，叫來看守王城的士兵。王城內頓時騷動，巴涅特夫人立刻遭到逮捕，關進大牢中。

「尤莉葉有受傷嗎？」

「有點擦傷，但不嚴重。」

「這樣啊，要好好替她療傷。」

多虧有尤莉葉才讓艾黛兒撿回一命，如果她沒為了王后行動，艾黛兒現在早已香消玉殞。

「這是在王后殿下房內發現的遺書，大概是巴涅特夫人為了要偽裝成自殺而準備好的。」

侍從長遞上信封，信封原本就沒封口，歐帝斯從中抽出白色紙張，迅速過目。

「巴涅特夫人如此自白了嗎？」

威奧斯委婉地插話。

「根據尤莉葉的證詞，那女人想殺害王后殿下的事實相當明確。尤莉葉斬釘截鐵表示，她抵達時王妃殿下幾乎沒有意識，只是單方面遭受蹂躪。」

侍從長又接著說，巴涅特夫人身上穿的不是睡衣，而是很簡單的衣物。且在搜身後，發現她在衣服下藏著好幾個打算要拿來換錢的飾品。

「已經做好逃亡的準備了啊。」

侍從長點頭同意威奧斯的看法。

「那女人對王后殿下的態度確實踰矩了，她那高傲的態度完全無法想像是臣子會有的態度，但任誰都沒想到她會想殺害澤斯王后的女兒。」

侍從長相當不解，但歐帝斯早已有答案，只不過不能在此時說，威奧斯也緊抿雙唇。

侍從長退下後，室內悄然無聲。

「艾黛兒會倒下是我的錯。」

充滿悔恨的聲音在寧靜的房內顯得特別響亮，明明早已對巴涅特夫人的態度有所懷疑，卻只是將她與艾黛兒隔離，而非將她遣返澤斯。

「我太輕看那個女人了。」

「我們也是昨天才知道王后殿下的真實身分，而且還是快馬傳令帶回來的緊急報告，詳細狀況還得等格律接下來帶回來。在這次的聯姻中，巴涅特夫人是以正式使者的身分寫在公文上。任誰都想不到這樣的女人會因為私怨而想殺害自國的王女。」

威奧斯試圖用冷靜的聲音鎮靜住歐帝斯激動的情緒。

巴涅特夫人的身分無懈可擊，她是澤斯的有權貴族，在宮廷內長年擔任王后伊斯維亞的首席女官。正因為她這等身分，伊斯維亞才會選她陪伴仇敵之女嫁到鄰國。表面上看來會讓人以為身為母親的她擔憂嫁到異國的女兒，但真相正好相反。

艾黛兒痛苦的表情烙印在歐帝斯腦海中，身體遭冰冷雨水拍打而受寒發高燒的少女，躺在床鋪上顯得更加嬌小。高燒會一口氣奪走人類的體力，有時甚至會致死。艾黛兒那樣纖細瘦小，醫生說了「只能看她的體力了」這句話，嚴重打擊歐帝斯。

「陛下。」

「……我明白。」

威奧斯擔憂地出聲喊他。

歐帝斯現在什麼也做不到，這些事全在他外出時發生，而主謀現在關在貴族用的大牢裡。

歐帝斯抱著心胸的疼痛，重返公務。

當天晚上聽到格律正式的報告。

他活靈活現地描述澤斯宮殿內的樣子，彷彿像他親自見聞一般。據他所言「王后伊斯維亞將艾黛兒王女，也就是現在在奧斯特洛姆的薇蒂亞大人當作女傭對待，且相當憎恨她。也是啦，如果聽到丈夫說要把愛妾生下的女兒和自己的女兒同樣當作王女教養長大，沒有人會有好心情吧？

而且聽說她原本就是自尊心很高傲的人。」

聽說這也是澤斯宮殿中大家默許的理解，如果只是上妓院還能容許，但國王看上自己的侍女這件事，觸碰了伊斯維亞的逆鱗。

「澤斯國王原本讓艾黛兒王后與她的親生母親住在離宮，她小時候是在母親身邊長大，但她的母親在某天失蹤了。」

格律又繼續說。被國王當愛妾金屋藏嬌的前侍女失蹤的那年，正好是澤斯的太后，也就是伊斯維亞的婆婆過世那年。「得到宮殿大權的伊斯維亞偷偷下手」的傳言煞有其事地傳開來。

太后和伊斯維亞似乎是對立關係，太后和這位高傲的外國王女媳婦合不來，頻繁地當她的面直說袒護國王愛妾的話，也會去見艾黛兒。

「這類婆媳間對立造成的鬱悶，也全部發洩在艾黛兒大人身上了吧？聽說從伊斯維亞王后掌握後宮大權之後，艾黛兒大人遭到相當惡劣的對待。」

和歐帝斯一起聽報告的威奧斯猶豫著不知該說什麼才好，始終不發一語，聽完這些事情後確實讓人心情不佳。

歐帝斯聽完報告後，前往艾黛兒身邊。

屏除下人後，他伸手碰觸沒有意識的她。

「妳真正的名字是艾黛兒呀……」

艾黛兒的額頭冒著大滴汗水，不停重複細弱呼吸的她尚未恢復意識。

明明是敵國嫁過來的公主，卻搗亂歐帝斯的心情。還以為初夜時的威脅會讓她露出真面目，但沒想到艾黛兒完全沒有這種表現，用過分溫馴的態度接受了歐帝斯。

歐帝斯故意做出粗暴舉止，用粗鄙的自稱說話，艾黛兒也從未嫌惡地皺起眉頭。

一開始還懷疑她作戲，但隔天早晨她紅著一張臉沉默不語。還以為她是固執己見限制飲食，強迫她吃飯後，她會小聲說「很好吃」和「謝謝」。

（如果我能再早一點察覺就好了。）

歐帝斯擦拭艾黛兒的汗水，她一直餓著肚子，限制飲食是巴涅特夫人惡意的象徵。艾黛兒並非不想吃飯，而是無法吃飯。

艾黛兒蒼白的臉蛋令歐帝斯無比恐懼，如果她就這樣沒有醒來，成為不歸之人……討厭的想法閃過腦海，歐帝斯拚命甩開這個想法。

歐帝斯想再次凝視那雙水晶般清澈的紫色眼瞳。

她很恬靜、清純、美麗，沒有任何自我主張，歐帝斯要她待在身邊，她就會聽命待在一旁。

要是能對她溫馴的態度滿足就好，但就是感覺哪裡不夠，而最近終於明白自己為什麼會這樣想了。

艾黛兒就是「無」，沒有私欲，待在歐帝斯身邊的只是個名為艾黛兒的容器。

「妳喜歡什麼，想吃什麼，覺得什麼東西美麗……想要理解妳。」

她讓歐帝斯看見自己內心的一部分，而歐帝斯想要看到更多，她的存在擾亂了歐帝斯的心。一掬起便如絲滑落的白銀細髮，鈴聲般清澈的聲音，彷彿畏懼歐帝斯般輕顫睫毛的舉止，這全部烙印在歐帝斯的心胸中。

這次絕對要保護她，雖然白天無法和她形影不離，但晚上可以待在她身邊。

歐帝斯不眠不休地照顧艾黛兒，侍女偶爾會來更換水盆中的水。歐帝斯拿冷毛巾擦拭她的額頭，餵她喝水。

隔天，當歐帝斯處理公務時，接到通知得知艾黛兒已甦醒。聽到侍從長報告艾黛兒喝了湯，也喝下湯藥後，才終於放心。

雖然甦醒了但還不能大意，因為艾黛兒到了晚上又開始發燒，歐帝斯拿起她額上的毛巾浸泡冷水。

「艾黛兒，妳要快點好起來。」

想再聽一次妳的聲音，想更理解妳。妳澄清的紫水晶雙眼深處，究竟感受著些什麼？雖然兩人是因為政治聯姻而結合，但這種事情無所謂，當歐帝斯發現時，他的眼睛已無法從艾黛兒身上移開。

甚至冒出「如果可以，想代替她承受痛苦」的想法。

「嗯……」

不知是否聽到歐帝斯的願望了。

艾黛兒緩緩睜開眼睛，歐帝斯的身影模糊倒映在她紫色眼珠上。她的視線沒有焦距，雖然還不穩定也足以讓歐帝斯歡喜。

「艾黛兒，妳醒了嗎？有想要什麼，想吃什麼嗎？」

歐帝斯急躁地不停發問。

艾黛兒睜開眼睛呆呆地盯著正上方看。

「艾黛兒。」

「尤……恩……大人？」

她只小聲說了這句話，又再度陷入沉眠。

◆

這天，艾黛兒甦醒後在御醫保證下，久違地得到了可以離開床鋪的許可。終於不再感到倦怠，身體也輕鬆起來了。看來她已經退燒，完全恢復健康了。

以楊尼希克夫人為首，許多人都十分擔心。艾黛兒向她道歉後，她反過來向艾黛兒謝罪，對無法阻止巴涅特夫人犯行感到自責。艾黛兒輕輕搖頭，這不是她的錯。

離開床鋪，侍女幫忙用熱毛巾擦拭身體後神清氣爽。用蜂蜜調味的甜麵包粥讓她的身體暖了起來。

暖爐中火焰燃燒，房內如盛夏般溫暖。

將近傍晚時分，歐帝斯來到艾黛兒身邊。他坐在椅子上看著艾黛兒，嘴角稍微上揚，接著立刻擺回原本嚴肅的表情。

「妳還沒有完全恢復健康，待在床上比較好。」

「是的，陛下。」

在歐帝斯協助下，艾黛兒鑽進被窩中。

歐帝斯在艾黛兒發燒病倒期間頻繁來探望她，晚上一直在她身邊照顧她。這在艾黛兒恢復意識之後也不曾中斷，他表示自己會擔心，這陣子過著睡在長椅上的日子。晚上還很涼寒，睡在又硬又狹窄的長椅上，他真的有辦法消除疲勞嗎？艾黛兒深感惶恐。

歐帝斯把附近的單人椅擺到床鋪旁，接著坐下。

「那個。」

艾黛兒怯生生地開口。

「什麼事？」

「那個……我已經恢復健康了……所以……不能繼續這樣勞煩陛下……也請陛下好好休息。」

言下之意就是告訴歐帝斯晚上不必待在這裡也沒關係，歐帝斯皺起眉頭。

「再怎麼說也還不能同床共眠……我不是在說妳才剛康復就打算要立刻和妳親密，妳別誤會。」

「……是的。」

「只是……我很擔心妳，我沒辦法隨時隨地待在妳身邊，因為這樣，讓妳差點被殺害。」

「不，這次的事情不是陛下的錯。」

完全是澤斯方面的問題造成這種狀況，艾黛兒知道伊斯維亞憎恨自己，就算離開澤斯也無法從這般的憎恨中逃離，她也理解巴涅特夫人是為此送到自己身邊的。

但艾黛兒也沒想到，伊斯維亞會因為個人的情緒，想殺了政治聯姻出嫁的自己。

而作為替身嫁過來的艾黛兒也無法告訴歐帝斯真相，因為她害怕說出實話，會讓歐帝斯認為澤斯輕忽這場婚姻，再次發展成紛爭的種苗，艾黛兒不知道該怎麼負起責任。

「但是……」

歐帝斯的眼睛直直看著艾黛兒，精悍的他乍看之下有種難以接近的氛圍，這是身為上位者的威嚴。

但艾黛兒已經明白，與他這身氛圍相反，他其實是個溫柔且心懷慈悲的人。

艾黛兒深深一鞠躬。

「造成您的困擾，真的非常不好意思。」

「妳這是針對什麼道歉？」

艾黛兒頓時語塞。對巴涅特夫人的事，對自己發燒病倒的事，以及對自己假冒姊姊身分的事，這是對許多事情道歉。

「我遣返巴涅特夫人回國了。」

短短這句話是自言自語嗎？或是要說給艾黛兒聽的呢？

他這句話讓艾黛兒打從心底放心了。

「我已經知道妳是薇蒂亞的妹妹了，是我的屬下調查的，我也知道妳真正的名字是艾黛兒。」

「真的很——」

「別道歉，妳也是澤斯的白玫瑰對吧？」

艾黛兒不停搖頭，那是只獻給姊姊的讚詞，薇蒂亞非常自傲地對艾黛兒炫耀人民如此稱讚她。

「不，我只是國王同情我讓我待在宮殿裡而已。」

「妳的父親是澤斯國王，國王女兒在宮殿裡成長是理所當然的事情。」

「但是……我……」

艾黛兒用力閉上眼。

母親是從王后身邊搶走國王的人，艾黛兒一直聽著這些被撫養長大。母親是品行不良的女人，她所生的艾黛兒是罪惡的證據。

「妳是澤斯的王女，這場婚姻也會繼續下去。」

「……但是……」

「我現在已經派遣使者前往澤斯，結婚的文件上寫著薇蒂亞．艾黛兒．英格思尼．澤斯……算了，哪個名字都無所謂，我會讓澤斯方面承認妳和薇蒂亞是雙胞胎。事到如今，換回真正的薇蒂亞也只是麻煩而已，妳就繼續待下來吧。」

「但、但是，我……因為我的關係，造成奧斯特洛姆的大家諸多困擾——」

「艾黛兒是妳的本名對吧？與澤斯簽訂的文件維持原狀……但是要把薇蒂亞這個名字拿掉，或要將艾黛兒這個名字改成奧斯特洛姆風格的名字……我會再考慮。」

歐帝斯制止艾黛兒繼續說下去，接著拋下這句話。

這明明是場為了維持兩國和平的婚姻，但歐帝斯不僅沒有生氣，還打算要把艾黛兒留下來。他這樣做也沒有任何好處啊！

「還是說……妳想要回澤斯嗎？」

一問完，艾黛兒沉默。即使回去也沒有她的容身之處，但繼續留在這個國家，艾黛兒也無法保證能帶來利益。

艾黛兒一無所有，只是遭到澤斯王后疏離，甚至差點被殺害的微小存在。

「我……」

「尤恩這個人……對妳來說是什麼意義的男人？」

就在艾黛兒不知該說什麼仍試著開口說話時，歐帝斯丟出一個完全無關的問題。

「咦……？」

艾黛兒不停眨眼。

為什麼現在會提到尤恩呢？艾黛兒看著歐帝斯想窺探他的意圖，他有點尷尬地別開視線。

「妳發燒病倒時……喊出這個名字。」

「我嗎？」

艾黛兒摀住自己的嘴，為什麼會喊出他的名字呢？

可能是因為被冰冷雨水淋溼而發高燒，時而昏迷時而清醒中的記憶模糊不清，在這之中，感覺像是尤恩的人曾經現身在她的夢中。

那人問她有沒有想要什麼或想吃什麼，會問她這些問題的只有尤恩，他很同情艾黛兒，覺得艾黛兒的身世很可憐，找機會就會幫助她。

「尤恩大人在母國時對我相當好，我想他應該是很同情我，我……那個……」

艾黛兒猶豫著不知該不該繼續說，她不想說出自己一直遭到虐待。親口道出「自己只是微小的存在，沒有受到如此珍視的資格」讓她感覺很丟臉，這需要一點勇氣。

「妳對尤恩有什麼想法？」

「我覺得……如果他是我的親生哥哥就好了。對不起。」

「為什麼要道歉？」

「我已經很幸運了。父親是國王，我身為王女，衣食無缺地被教養長大。每個老師都說了，說我很幸運。儘管只有一半的王家血統，我也在宮殿裡接受細心的教養。即使如此……我還想著尤恩大人很溫柔，如果他是我親生哥哥就好了的這種事情。有這種想法，本身就是不對的。」

雖然是國王與愛妾之間生下的小孩，艾黛兒也確實在後宮接受教養長大。沒有被送進修道院，也得到了王女的身分，老師們動不動就對艾黛兒說她要心存感恩。

這是一種洗腦，也是老師們想要討好伊斯維亞的行為，他們很害怕受到王后的責罰。

「哥哥啊……」

「是的，他常常拿點心給我。我、那個……為了不讓我餓肚子。」

大概不忍心看到艾黛兒常常餓著肚子吧，尤恩會避人耳目送食物給艾黛兒，像是可以存放幾天的點心或果乾之類的。

水珠一滴又一滴滑過臉頰，艾黛兒一開始還沒發現這是淚水。

（我……為什麼……？我還以為這種東西早已乾涸了啊。）

到底是怎麼了呢？自己也搞不清楚。

當艾黛兒呆傻時，歐帝斯緩緩伸出手，拭去她盈眶的淚水。

「別哭，我不是想要惹妳哭泣。」

「對……對不起，這次造成陛下莫大的困擾。結婚對象是我……今後可能無法期待與澤斯可以建立友好關係。」

所以現在也還不遲。事情演變成這樣，就該把原本真正的新娘薇蒂亞找來。無處可回的艾黛兒進入修道院，這才是理所當然的應對。

（再也見不到陛下了……）

擁有「黑狼王」別稱的年輕君主，被人恐嚇說他是野蠻且不知禮儀的莽漢，艾黛兒心驚膽跳地嫁到這裡來。

初夜時被他威脅，但他的眼中沒有絲毫對澤斯王女的敵意或憎恨。明明該警戒著敵國的王女，卻讓艾黛兒好好吃飯，他在艾黛兒心中的印象逐日改變。

歐帝斯擔心生病的艾黛兒，甚至親自看顧她。

如果把名字還給薇蒂亞，拿回自己原本該有的模樣，和他的緣分也到此為止了。一想到這裡，就有股自己也無法控制的東西湧上喉頭。

「我剛剛也說了，這場婚姻會持續下去，妳就是我的妻子。」

「但我是……我是……原本就不該存在的孩子。」

自己是國王背叛的證據，從艾黛兒有記憶開始，她在宮殿中一直是孤單一人，不停遭到否定。

「妳沒有犯下任何過錯，妳只是出生在這個世上而已。」

溫暖的東西包裹住艾黛兒。

歐帝斯將艾黛兒擁入懷中。

「艾黛兒沒有任何過錯。」

他語氣強硬地斬釘截鐵說，而第二次的聲音溫柔地彷彿像要說給年幼稚兒聽。

淚水再次滑過臉頰。那是幾歲時的事情呢？某天，母親突然從年幼的艾黛兒身邊消失，她在那之後被帶往宮殿，等在那邊的是父親的正宮王后與她的孩子們。他們虐待艾黛兒，中傷艾黛兒的母親。

「妳怎麼可能會有過錯，人類無法自己選擇出生的地點。我的父親是奧斯特洛姆的國王。妳討厭妳的母親嗎？」

「不，沒有這回事。」

雖然面容模糊，但艾黛兒記得母親很溫柔，非常寵愛艾黛兒，會緊緊擁抱她。

沒錯，就和現在的歐帝斯相同。會用大手撫摸艾黛兒的頭，這溫柔的舉動，讓艾黛兒心中有什麼潰堤了。

「因為妳出生為澤斯國王的孩子，我們才能相遇。」

溫柔的聲音擾動耳朵，彷彿要碰觸到艾黛兒心靈的純真話語。

「艾黛兒……留在我身邊。」

「但是……」

「這是國王命令。」

這說是命令，也太過溫柔了。艾黛兒忍不住看他，他淡藍色的眼中倒映著自己。這極近的距離讓艾黛兒聯想到親吻，臉頰逐漸染紅。

歐帝斯沉默等待艾黛兒回應。

自己真的可以待在這裡嗎？派不上任何用場的王后只是礙事而已，但他卻願意給艾黛兒一個容身之處。

淚水再次湧出，他用手指掬起淚水。明明對自己的存在意義毫無自信，艾黛兒的心傾訴著不想要離開環抱住她的有力臂膀以及這份溫暖。

即使如此，要說出自己的心情仍需要勇氣。

歐帝斯很有耐心地注視著艾黛兒，艾黛兒此時第一次知道，說出自己的願望原來需要如此大的勇氣。

「……好的，陛下。」

雙唇顫抖，自己怎麼會有如此狂妄的願望呢？

但當她回答的瞬間，歐帝斯輕輕揚起嘴角，艾黛兒這才終於接受這是正確答案。

艾黛兒第一次發現，原來自己想要得到誰的諒解，希望為誰所需要。

間章

帶著心腹，歐帝斯前往位於王城後方的大牢。

冰冷的石造監牢中，現在有位囚犯關在裡頭，牢頭一看見國王立刻起身敬禮。

「狀況怎樣？」

歐帝斯在牢房前停下腳步問牢頭，他一時語塞後回答：「沒有變化。」

關在這裡的是巴涅特夫人，雖然身為澤斯貴族，但她對這國家的王后下毒手，理所當然被當成重大罪犯看待。雖然歐帝斯很想立刻砍了她的頭，卻無法速斷速決，身分這東西還真是棘手。

歐帝斯走進牢內。

「巴涅特夫人，妳感覺如何呢？」

貴族用的牢房比一般牢房舒適，但窗戶嵌上鐵條，房內只有最低所需的簡單設備，食物份量也少。她的臉有幾分憔悴，臉色也不太好。

這也是當然，歐帝斯插手罪犯的飲食，模仿她苛刻艾黛兒的行為，嚴格下令她每天的餐點只有稀薄的大麥粥、沒有配料的清湯以及麵包等簡陋的食物。

巴涅特夫人發現現身門外的是歐帝斯之後，從椅子上站起身形式上一鞠躬。
「國王陛下，貴安。您終於有意願聽我說話了是吧？」
「妳到底想要說什麼？」
「這不是很明白嗎，請盡早讓我離開這個牢房。」
「妳想殺了我的王后，還想從這裡離開？妳的態度還真是高傲呢。」
歐帝斯發出壓抑怒氣的低沉聲音後，巴涅特夫人格格發笑。
女性的尖聲高笑響徹牢房，這討厭的聲音令歐帝斯皺起眉頭。
「啊啊，太可笑了！王后？那個女人？那個女人是王后！啊哈哈哈哈，你是說那個下賤的女人！」
「妳是在嘲弄我的王后嗎？」
「你說『我的』？那女人的女兒，已經完全魅惑了奧斯特洛姆的國王了啊，真不愧是那下賤女人的女兒！母女兩人都能魅惑國王，啊啊，真是太淫蕩太骯髒了！」
巴涅特夫人笑完後態度急轉直下，接著用充滿恨意，如蛇爬行地面的聲音輕蔑艾黛兒。她的眼中浮現明確憎惡，顯露瘋狂的深重怨恨眼神彷彿不是看著此處，而是看著其他地方。
「艾黛兒是我的妻子，我不允許妳侮蔑她。」
「都是因為她才讓我承受諸多奇恥大辱，你可知她帶給伊斯維亞王后殿下多少屈辱……」

「是誰命令妳殺了艾黛兒？」

巴涅特夫人面對調查始終堅持這是她的獨斷行為，但考慮她殺害艾黛兒後的逃亡安排，很明顯有人從旁協助。這世界可沒那麼單純，能讓女性獨自一人安全抵達鄰國。更別說她可是不折不扣的貴族，習慣使喚人的女人，怎麼可能有辦法與平民共乘馬車旅行？

「陛下，全是我的意思。那女人犯下的罪由她的女兒以命償還，是非常理所當然的事情。」

歐帝斯聽到這自以為是的理由幾乎勃然大怒，但他搜刮理智，勉強佯裝平靜。

「真的太不甘心了，如果不是澤斯國王陛下命令讓那女孩活著，就能更早解決事情了。王后殿下的心情也能因此得到安寧啊。」

無庸置疑是伊斯維亞在背後操控，但欠缺證據。

巴涅特夫人所說的澤斯國王云云的，與格律帶回來的報告沒太大出入。澤斯國王嚴格下令將艾黛兒當作王女扶養長大，這句話也保全了艾黛兒的性命。

（所以她們才會認為艾黛兒離開澤斯的現在是絕佳機會啊。）

即使面對奧斯特洛姆國王，巴涅特夫人的主張仍始終如一，而她對艾黛兒有殺意也是事實。

「妳意圖謀殺奧斯特洛姆的王后，得付出相對的代價贖罪。」

「別開玩笑了，我可是伊斯維亞王后殿下的首席女官，如果你在此殺了我，王后殿下可不會坐視不管。」

巴涅特夫人換了個表情，露出強勢的微笑。她的娘家是參與澤斯國政的有權貴族，夫家也是大家族。她完全理解自己的身分是座盾牌，才會如此發言。

巴涅特夫人的名字也寫在兩國聯姻的正式文件上，如果獨斷將她處刑，很可能遭到澤斯藉機報復。

歐帝斯深呼吸，接著改變話題。

「妳試圖取走我的王后出嫁時帶來的珠寶飾品，這又是為什麼？」

「那些原本全都是替薇蒂亞王女殿下準備的東西，結果被那丫頭搶走，我拿回來也是當然的。那卑賤的丫頭根本配不上這些東西。」

「還真是厚顏無恥的說詞呢，這可是奧斯特洛姆與澤斯兩國間的聯姻。」

「真不愧是那狐狸精的女兒，明明只有貧弱的身材，卻已經攏絡國王了呢。」

「看來妳似乎還不清楚自己的立場。」

歐帝斯伸手捏住眼前女人的脖頸，慢慢用力，只要持續用力下去，這女人就會窒息而死。放任怒氣慢慢加大力道後，巴涅特夫人開始露出痛苦的表情。

「唔……唔……」

這女人大肆主張令人噁心的理由，長年不當凌虐艾黛兒，不僅如此還想奪走艾黛兒的生命，就這樣殺了她也無妨吧。

歐帝斯的身體被一介男人的情緒控制，但勉強殘存的理智阻止了他。

歐帝斯放開手，巴涅特夫人當場跌坐在地，不停反覆急促呼吸。

「今後別讓我聽到妳輕蔑艾黛兒，沒有第二次。」

歐帝斯拋下這句話後轉身離去。

離開大牢回到辦公室後，歐帝斯把格律找來。

「可以立刻處死那女人嗎？」

格律一來，歐帝斯沒頭沒尾劈頭如此問，格律也只能苦笑。

「再怎麼說，送一句『已處以死刑』回去不太好啊，陛下。」

「嘖！」

「她這樣輕蔑奧斯特洛姆的王后，的確讓人想殺之而後快，但我們單方面處刑後把她的項上人頭送回去，只是把引戰的理由送給對方，再次引發戰爭也沒關係嗎？」

「不好，所以我還讓她活著。」

先前和澤斯的戰爭得以獲勝，是因為由澤斯王太子安塞爾姆領軍，且之後澤斯國王不願派軍支援。同一時間正在和凡謝對戰的奧斯特洛姆，能用以迎擊的人員也有限。

奧斯特洛姆能以少敵多將澤斯軍打得落花流水，只是運氣好而已。

兩國實力不相上下，這次只是碰巧由奧斯特洛姆獲勝，在接連發生戰事的現在，引發多餘的紛爭並非上策。

「但也不能沒任何懲處就將那女人送回澤斯，我對艾黛兒說已經將她遣返回國，但我沒打算這麼輕易無罪釋放她。」

「我很明白，對奧斯特洛姆來說，被澤斯這般瞧不起也令人火大。追加的文件上也寫明了巴涅特夫人所犯的罪行，除了殺害王后未遂之外，也加上間諜罪與竊盜罪。實際上，她也幾乎可說犯了這些罪。」

「收到針對第一封文書的回覆了嗎？」

「應該就快收到了吧。我們宣示要將澤斯未公開的王女艾黛兒正式立為奧斯特洛姆國王之妻，但對澤斯來說大概是『請隨意』的感覺吧。」

「只要能讓艾黛兒的心情輕鬆就好了。」

不管是哪位王女，兩國間的政治聯姻都已經成立了。歐帝斯只是想替艾黛兒拿回真正的名字而已，且實際上兩位王女都繼承了澤斯國王的血脈。

「澤斯方面多少也感到有愧吧，只要我們大方表示『我們不計較是艾黛兒王女』，也算賣人情給他們。」

雖是這樣說，明白這次事情內情的只有國王與極小一部份的人。

接著在奧斯特洛姆國內正式辦好手續後，就會將「薇蒂亞」從艾黛兒的名字中刪除。

一想起艾黛兒，歐帝斯憤怒的心情也稍微平靜下來。她會喜歡歐帝斯替她想的新名字嗎？

第二章

一

艾黛兒退燒後還持續調養著身體，這也是因為歐帝斯幾乎可說是過度擔心艾黛兒。

除此之外，艾黛兒最近相當困惑。

這是因為……

「艾黛兒，這是從南方訂購來的點心，妳吃吃看。」

歐帝斯只要得空，就會殷勤地拿點心來給艾黛兒。

此時此刻也是，歐帝斯說著得到些許空閒而來到自己身邊，正好是下午茶時間，他拿來的點心擺上桌面。

他手中的餅乾上放著蜂蜜果乾，他將點心遞到艾黛兒嘴邊，彷佛餵食雛鳥的母鳥。

艾黛兒思考至此，慌慌張張拋開這種想法，對一國之王有如此想法是大大的不敬。

（那個……我要直接張口讓他餵食嗎？感覺很沒規矩耶……？）

看見艾黛兒全身僵硬，歐帝斯的臉染上些微陰霾。
「妳不喜歡嗎？」
「咦、沒有，我開動了。」
艾黛兒慌慌張張地稍微張嘴，浸泡蜂蜜後稍微變軟的果乾香甜中帶著微酸。
「也吃吃看這個？」
歐帝斯接著遞出鬆軟的果醬夾心海綿蛋糕，蛋糕表面還撒上白色糖粉。
艾黛兒再次接受餵食，咀嚼中與歐帝斯對上眼神，下一秒，他彎起嘴角。
與之同時，艾黛兒將口中的食物吞下肚，因為太過慌張稍微有點噎到。
「還好嗎？快喝點東西。」
歐帝斯遞上杯子，多虧茶已經放涼，可以不燙嘴地一口飲盡，艾黛兒「呼」地吐了一口氣。
「妳吃太急了。」
「……不好意思。」
艾黛兒縮成一團，最近歐帝斯開始在艾黛兒面前露出不做作的表情，艾黛兒每次見到都會慌張起來。
「我替妳再泡一杯。」
「啊，是的……非常感謝您。」

怎麼可以讓國王做這種事情，第一次茶會時讓艾黛兒白了一張臉，但隨著次數變多，艾黛兒也乖乖接受了他的好意。

「那個……陛下也請用。」

「這些全都是替妳準備的。」

獨自享用讓艾黛兒感到很不自在，而他總回以相同答案。

在這之後他仍殷勤地餵食艾黛兒點心，只要聽到艾黛兒說好吃，他就會笑彎眼表示「這樣啊」。

艾黛兒的眼睛無法從他溫柔的雙眼上移開，總想著「真想一直看著這個表情」。

有多久不曾過著如此平靜的生活了呢？艾黛兒對待給他平靜生活的歐帝斯只有衷心感謝，所以她決定將不停思索的事情說出口。

「那、那個……我真的能以王后的身分待在這裡，對吧？」

「是啊。」

在艾黛兒發燒病倒修養身體期間，許多事情已經辦妥了。

其中一個就是名字，奧斯特洛姆不知何時已經與澤斯達成協議，艾黛兒和薇蒂亞成為名義上的雙胞胎姊妹。

結婚當時為了讓不管是哪個出嫁都能說得通而改名，現在又進一步再度改名，歐帝斯告訴她今後改名為「艾黛兒翠亞」。

表面上的理由是「國王下令，既然已經嫁入奧斯特洛姆，那就改成適合這個國家的名字」，他邊笑邊說「這是我的心意，希望妳能繼續用艾黛兒的名字也沒關係。」聽到他這樣說，艾黛兒的心口發熱。

想要回報對自己盡心盡力的他，因為心裡深處冒出了什麼東西，且不停往外溢流。

「不是像這樣讓我吃點心……我也想，就是……想要做些王后應該要做的工作。」

「休養身體也很重要……不過說的也是，威奧斯也說了，差不多該讓妳學習奧斯特洛姆的歷史以及習俗。」

歐帝斯發出有所思量的聲音。

「是的，我聽說在這個國家，國民還不是使用大陸公用語，而是說奧斯特洛姆語……所以，那個，我也想要學習。」

除了西方諸國廣泛使用，被稱為大陸公用語的語言之外，奧斯特洛姆的國民大多使用自國的語言。擁有一定以上階級身分的人，作為教養會學習公用語，所以在王城中生活沒有特別困擾。

但艾黛兒是奧斯特洛姆的王后，所以她想學習多數國民使用的奧斯特洛姆語。剛來這國家時，曾經替她聘用教師，但巴涅特夫人回絕了。艾黛兒還記得巴涅特夫人斬釘截鐵說出「王女殿下不需要適應這個國家」時，文官露出相當苦澀的表情。

「除此之外……我聽說這國家的女性也懂得騎馬與射箭，先前應邀參加茶會時……那個……」

在前任王后，也就是艾黛兒婆婆也出席的茶會中，巴涅特夫人做出極度無禮的言行，她批評、鄙視奧斯特洛姆的風俗，而艾黛兒無力阻止她。

「我有聽說巴涅特夫人說了不必要的話，那是為了貶低妳的評價而說的吧，妳無須在意。」

「但是，讓大家感到不快也是我的責任。所以說，那個……我今後也想要仿效這裡的女性，練習騎馬以及射箭。」

這是艾黛兒第一次像這樣想做些什麼事情，這在澤斯時難以想像。

艾黛兒想要回報歐帝斯的溫柔以及恩情，想為了給予她容身之處的他努力，不管什麼小事都好，她想要幫上忙。

「妳接觸過馬嗎？」

「沒有。」

歐帝斯皺起眉頭。

也可解釋成不悅的表情讓艾黛兒的心感到畏縮，艾黛兒還不會解讀他的心情。

「奧斯特洛姆的女性也並非全都懂騎馬和射箭，妳得先從增加食量開始做起，照妳現在這個樣子很可能被甩下馬背。」

感覺歐帝斯的言外之意是「妳看起來沒有這份才華」，艾黛兒不禁沮喪，歐帝斯發現之後再度開口：

「如果妳想培養興趣，選擇室內活動如何呢？……這個嘛，樂器呢？豎琴就能坐著彈奏。」

「好，非常感謝您的用心。」

「那我交代下去，替妳安排老師。」

雖然和艾黛兒的期待有點不同，但艾黛兒至今沒有能稱得上興趣的事情，這樣或許也不錯。

艾黛兒道謝後，他又笑彎眼。

「啊啊，除此之外——」

似乎還有事情要交代，艾黛兒輕輕歪過頭。

「我想替妳安排專屬的貼身騎士。」

「騎士……？」

「為了避免再次發生上次那種事，那起因於我的認知太天真了。」

歐帝斯似乎對巴涅特夫人的犯行感到自責。

「但那是——」

「這件事已經決定了。」

艾黛兒原本想說「不是您的過失」，但歐帝斯簡潔的回答打斷她的話。這柔軟過頭的聲音讓艾黛兒沒辦法多說些什麼。

◆

艾黛兒的貼身騎士從帕迪恩斯女騎士團中挑選。

女騎士在奧斯特洛姆並不罕見，以游牧民族為始祖的這個國家，女性自古以來就會在必要時拿劍、騎馬，出戰守護家園。

另外，游牧時代的射箭文化也被傳承下來。

在隸屬於各地騎士團的女騎士中，帕迪恩斯女騎士團是特別的存在。入團條件只有一個，那就是要有資質。並非看身分而是看體能與適性來決定，對武藝有野心、有才華的女性能靠實力出人頭地，是騎士團的最高峰。

「我沒想到陛下竟然親自下場，測試騎士們的能耐。」

在國王斜後方抱怨的是近衛騎士團的團長。

歐帝斯剛剛前往帕迪恩斯女騎士團的演習場，親自測試王后貼身騎士候選人的能耐，騎士團團長對此感到很不滿。

「要挑選我妻子的騎士，身為丈夫的我親自測試也是當然吧？」

「……但是，我說啊，」

他的聲音透露出「近衛騎士不就是為此而存在的嗎」的心情。

但歐帝斯也不肯退讓，再怎麼說，艾黛兒差點慘遭巴涅特夫人殺害是自己的過錯。如果早點替艾黛兒安排貼身騎士，就能預防這件事發生了。

「我知道你想說什麼，這對她們來說也是很大的激勵吧。」

「是的，的確如此，突然可以與國王進行模擬對戰，每個人都嚇得睜大眼了。」

「即使如此，她們還真是厲害，真不愧是帕迪恩斯女騎士團，對我來說，也是個知曉她們實力的好機會。」

歐帝斯雖然有和近衛騎士或國王直屬騎士團切磋劍術的機會，但這也是他第一次與帕迪恩斯女騎士團對戰。

帕迪恩斯女騎士團主要的工作為保護王家女性及王家近親血脈女性，或是跟隨駐外大使一家人前往他國；當然，在遇到緊急事態時，她們也會以王城守護者的身分拿起武器作戰。

現在隸屬該騎士團的成員約三十名，歐帝斯事前已經先通知團長，接著和團長挑選出的能力高超女騎士們進行模擬戰。

結束模擬戰重返平時公務時，已將近夕陽時分。

在這短短時間內，威奧斯和近衛騎士們挑選出艾黛兒貼身騎士的候選人。最後選出八位騎士，威奧斯語氣平板地唸出這些女性的經歷。

「也要考慮艾黛兒大人與騎士合不合得來，讓她們彼此見一次面如何呢？」

「見個面啊。」

這位與歐帝斯同年且從小認識的童年玩伴，是個深思熟慮總能全盤掌控狀況的人。

「艾黛兒大人個性乖巧，突然派遣好幾位騎士跟在她身邊，應該會讓她不知所措。首先先舉辦茶會或類似的聚會，接著在那裡觀察她和每個人之間的合適性，這樣如何呢？」

威奧斯的意見確實有番道理。

大概受生長環境影響，艾黛兒對人態度有點膽怯。面對照顧自己的女官及侍女，也無法改掉謙遜的態度。

威奧斯的意見再正確不過，但歐帝斯覺得有點不開心，他心胸狹隘地冒出「理解妻子的人只有我一個就好了」的想法。

「說的也是，那把侍從長和楊尼希克夫人叫來吧。」

國王與王后的生活由侍從長和女官長管理，只要交代他們一聲，他們就會盡早準備好讓女騎士們和艾黛兒見面的機會。

兩人立刻在隔天舉辦了艾黛兒和女騎士們的茶會。根據他們報告，第一次見面會非常順利結束了。艾黛兒一開始表情僵硬，但從中間開始逐漸展露笑容，也和所有女騎士們對話。

對於澤斯不存在的女騎士這個身分，無法解讀出艾黛兒是怎樣的反應，但她展現出想習慣奧斯特洛姆而走近的態度，是個心地善良的純真女孩。

楊尼希克夫人也語氣平靜地報告女騎士們對艾黛兒也很有好感，讓歐帝斯暫且放心下來。

◆

那天晚餐後，歐帝斯給艾黛兒罕見的水果。他靈巧地拿小刀將來自南方國度的水果切分開來，又硬又厚的果皮下藏著淡黃綠色的果肉。

「順利選出妳的貼身騎士真是太好了。」

歐帝斯把名為菲奇的水果切成一口大小送到艾黛兒嘴邊，已經完全習慣接受歐帝斯餵食的艾黛兒微微張嘴，香甜果汁在嘴中擴散開，她不禁瞇起眼睛。

「好吃嗎？」

艾黛兒邊咀嚼邊點頭。

這短暫的片刻不知何時已成為日常生活的一部分，於兩人獨處的室內，坐在歐帝斯身邊，他會邊喝餐後酒邊說今天發生的事情。

「各位優秀的騎士為了我這種人抽出時間來……真的好嗎？」

「就因為是優秀的騎士才會被選為妳的護衛。」
楊尼希克夫人告訴艾黛兒，帕迪恩斯女騎士團是奧斯特洛姆的女騎士中，特別菁英的一團。想要入團需要在十歲到十二歲之間通過入團考試，之後在團體生活中接受嚴格的武藝、學識以及禮儀訓練，也有許多人跟不上而淘汰。
她們身上的深紅騎士裝不僅功能佳，也相當優美。長版上衣從中間往下開岔，上衣底下是白色內襯與長靴，模樣與男騎士不同，英姿颯爽又兼具女性美。
艾黛兒不認為自己是值得接受她們護衛的人，因而感到相當困惑。
「妳對自己的評價太低了，艾黛兒，妳是我的妻子，是奧斯特洛姆的王后，妳明白嗎？」
「是的。」
聽到歐帝斯再三強調，艾黛兒也只能答「是」，如果只看頭銜，艾黛兒確實是國王的妻子。
「妳的護衛騎士都是我親自切磋劍術、衡量實力的優秀人才，大家都對於可以服侍妳感到很榮耀，所以妳在騎士面前無須這樣貶低自己。」
歐帝斯的語氣十分認真，他真摯的眼神讓艾黛兒閉上嘴。
艾黛兒理解自己欠缺許多，因為她長年在否定中長大，對肯定自我有所遲疑。
「非常不好意思。」
「妳總是動不動就道歉，首先就從改掉這個壞習慣做起。」

「非常不——」

「妳看，妳又來了。」

歐帝斯指尖抵住艾黛兒的唇，他沒有生氣，從他的聲音就能判斷。

他的手離開紅唇，滑過臉頰，溫柔的掌心觸感嚇了艾黛兒一跳。

「艾黛兒。」

「是的。」

「我需要妳。」

「我會努力……達成陛下的期待。」

如果這是對王后的要求，那就只能努力了。在艾黛兒極為認真回答後，歐帝斯沉默了一會兒，接著嘆了一口氣。

艾黛兒不明就裡而感到詫異，歐帝斯一語不發地將剛切好的菲奇果肉送到艾黛兒嘴邊，看見艾黛兒和方才相同微微張嘴，他再次滿意地彎起眼角。艾黛兒心臟「撲通」一跳。

「首先是歐帕拉．科貝盧可，接著是格雷西塔——」

艾黛兒將歐帝斯告訴她的騎士名字記在腦海中，總共有五人。

「考量和妳的合適度之後選了這些人，所以應該不難親近。」

不是每天都在五位騎士的包圍之下，而是輪流換班，也會視公務狀況有所增減。

「謝謝您。」

他為自己考慮了許多，艾黛兒心中的熱度逐漸上升。

「不用謝，提出這個意見的人是威奧斯，我有點不甘心。」

歐帝斯老實地歸功在心腹身上，艾黛兒有聽說威奧斯出身自宰相輩出的名門雷尼克家族。

「也請代我向威奧斯大人道謝。」

「好。」

「而且，陛下為了我，親自測試了騎士們的實力對吧？感謝您在百忙之中特地為我抽出時間。」

「不用謝，身為丈夫，做這種小事也是當然。」

聽見歐帝斯溫柔的回應，又讓艾黛兒的胸口用力撲通一跳。

最近常常發生這種事，艾黛兒的心會對歐帝斯的一舉一動過度反應。

短暫相聚之後，歐帝斯迎接換上睡衣的艾黛兒進入寢室。他的手緩緩梳過躺在身邊的艾黛兒的白銀秀髮。

「妳的頭髮真的讓人摸也摸不膩。」

絲滑如絹絲般的銀色細髮從歐帝斯的指間滑落。

艾黛兒不討厭這個時間，反倒可說感到相當舒適，她緩緩閉上眼，接著在黑暗中突然想到。

有。

（陛下……為什麼不要求我侍寢呢？）

歐帝斯明明說需要艾黛兒，但他今天也沒對艾黛兒出手，自從艾黛兒發燒之後，一次也沒有。

腦海中浮現疑問，卻無法探問他的真意，因為就像是自己主動求歡，讓艾黛兒躊躇不已。

「差不多該睡了。」

歐帝斯單手環到艾黛兒身後，他碰觸的地方溫暖起來。巨大且結實的身體和自己的身體完全不同，卻不可思議地令人安心。到底從何時開始產生這種感覺的呢？

他今天也只是緊擁艾黛兒而已。

「那、那個……？」

「怎麼了？」

「……沒有，沒什麼。」

已經不需要肌膚之親了嗎？為什麼完全不碰自己呢？好幾個想問的問題浮上心頭，卻無法說出口。心中產生出現隔閡的感覺又是為什麼呢？即使如此，她還是沒有勇氣開口問。

「陛下，晚安。」

稍微擠出一點勇氣，把臉頰貼在丈夫胸膛上。接著感覺環在她背後的手臂更加用力，艾黛兒開心地步入夢鄉。

「王后殿下，陛下今天要參加騎馬訓練。雖然只能遠遠看，但您要不要去觀看呢？奧斯特洛姆男性們騎馬的模樣英姿煥發，相當優美喔。」

「騎馬訓練嗎？」

正式展開王后生活後的某天，艾黛兒聽到楊尼希克夫人的提議後疑惑地歪頭。

「是的，我想，應該能看見陛下英姿煥發的模樣。」

艾黛兒每天都會在王城內散步，大多只是悠閒地在好幾個庭院中步行，而她的散步時間正好與騎馬訓練的時間重疊。

「請務必帶我去看看。」

在女官長帶領下，艾黛兒來到設置於王城外牆附近，可以眺望演習場的地點。

寬廣的王城內還有許多艾黛兒未曾去過的地方，最近除了學習奧斯特洛姆歷史與風俗的課程外，也要為了初夏即將舉辦的王宮舞會練舞、訂製禮服等等，每天都過得相當忙碌。

「大家也要做那樣的訓練嗎？」

從抵達的地點可以清楚看見騎馬訓練的模樣，身穿相同騎士裝的男性姿勢端正地跨坐在馬背上，整齊劃一行進的模樣震撼人心。

「是的，我們當然也要。」

將栗色頭髮剪得跟男性一樣短的貼身騎士歐帕拉如此回答。

「那肯定相當出色吧。」

聽到艾黛兒出自真心的這句話，女騎士們皆露出開心表情，昂首挺胸起來。

另一位騎士開口說，行軍訓練之後接著進行模擬戰。

「王后殿下，接下來上場的是陛下。」

騎兵隊往後退，留在廣場上的只剩兩位騎士，他們身穿防具手拿長槍。

雖然距離有點遠，但艾黛兒不可能看錯。身穿黑色騎士裝與盔甲的男子，就是歐帝斯。金線鑲邊的斗篷在馬上隨風飄揚。

「該不會……是要拿那個長槍對戰嗎？」

「這是當然，在戰爭中，陛下也會親自站上前線。」

「那個，會不會受傷？」

「今天是訓練，只會點到為止。平凡的騎士不可能是吾君黑狼王的對手。」

歐帕拉自豪的聲音，艾黛兒幾乎只當耳邊風。

這可是艾黛兒生平第一次看見戰鬥訓練，一想到那把長槍可能刺穿歐帝斯的身體……就讓艾黛兒白了一張臉。

對戰的號令一下，雙方胯下的馬邁步奔跑，彼此互相量測距離，窺探對方如何出招。

艾黛兒凝神屏息，邊祈禱邊在旁守護。

歐帝斯率先展開行動，他邊控馬邊舉起長槍往對方身上攻擊，對方當然也沒有畏縮。

「今天的對手，是近衛騎士中特別擅長槍術的人。」

即使距離遙遠也清楚感受到兩個男人展現出的氣魄，長槍交戰的能耐感覺實力不相上下。

歐帝斯彷彿與馬合為一體的英姿奪走艾黛兒的目光，連艾黛兒也能看出隨著時間過去，歐帝斯逐漸占上風。

不給對方反擊的機會，準確地使出下一招，精采絕倫。

在不知第幾次的攻擊中，歐帝斯打掉對方手上的長槍。

「陛下勝利了。」

聽到歐帕拉一說，艾黛兒也點點頭。

他英勇的模樣烙印眼中，定睛直視敵人，準確展開攻擊的身影，彷彿軍神一般。騎士們自豪地稱呼他為黑狼王。

「陛下英姿凜然，力量強大呢。」

艾黛兒無意識地低語。

「這是當然，吾君黑狼王可是無敵的。」

「真的相當出色。」

艾黛兒紅著一張臉同意歐帕拉斬釘截鐵的說詞。艾黛兒才知道，黑狼王這別稱在澤斯被當作嘲弄的意義使用，但在奧斯特洛姆代表的意義完全相反。

（陛下受到許多人的景仰呢。）

大家都很自豪地稱呼歐帝斯「黑狼王」，艾黛兒目光持續投注在他身上。

歐帝斯接著與下一位騎士對戰，長槍互相交擊，逐一打敗下一個對手。

艾黛兒無法將目光從莊嚴、勇敢的騎士歐帝斯身上拉離，訓練結束後仍沉浸在餘韻之中。看見王后不自覺地看國王看得入迷，身邊的女性們都十分莞爾。

「王后殿下，我們也差不多該回去了。」

在楊尼希克夫人呼喚之下，艾黛兒才終於回過神動了起來。

回程路上，眼角餘光看見有東西在動，一開始還以為是自己看錯，但隱約可見亮色的衣料躲在柱子後方。

（咦……？）

艾黛兒靠近柱子，接著跑出小小的人影。

「艾黛兒翠亞王后殿下，貴安。」

現身的是一頭栗色頭髮，還很年幼的小女孩。直順垂落的長髮一部分綁上緞帶，偶爾跟著搖擺。她身上穿著質料上等的衣服。

「琳蝶殿下，貴安。」

「您記得我啊。」

她是歐帝斯的妹妹琳蝶，在結婚典禮上見過一面。雖然只有短暫片刻，但艾黛兒認得她。

「琳蝶大人，您怎麼沒有讓人跟著，今天有什麼事情嗎？」

其中一位女官開口，琳蝶聽到後立刻打直腰桿。

「艾黛兒翠亞王后殿下，貴安。今日前來打擾王后殿下，是有一事相求。」

大概努力練習過，琳蝶單腳往後一站，邊鞠躬敬禮邊說話。她今年剛滿十二歲，還有一個雙胞胎弟弟路貝盧姆。

「請問有什麼事情拜託我嗎？」

「我將來的夢想是成為帕提恩斯女騎士團的一員，因此每天都很努力練習劍術與槍術。」

艾黛兒對這王女罕見的夢想驚訝，但這裡是奧斯特洛姆，她立刻轉換想法，這感覺才是這國家的風格。

「我聽聞歐帕拉和格雷西塔被選為王后殿下專屬的護衛騎士，其實我一直很想要她們兩位。」
琳蝶最後孩子氣地鼓起臉頰表現不滿。
「那真的很抱歉。」
「琳蝶大人，王后殿下專屬的護衛騎士是由國王陛下親自挑選，還請您謹言慎行。」
楊尼希克夫人立刻出口教訓琳蝶，就算她是先王的女兒，但身為現任國王王后的艾黛兒身分地位更高。
「所以我才會來請求。」
琳蝶有面對年長者也毫不畏怯的態度與行動力，定睛注視著艾黛兒的眼中帶著強烈意志。
「請問有什麼請求呢？」
「是的，王后殿下，我無法否決國王陛下決定的事情，所以一週只要一次就好，可不可以請您把歐帕拉她們借給我，陪我練劍呢？」
「把歐帕拉她們借給妳嗎？」
「是的，我想請她們陪我練習。」
想變強的她的願望非常純真，歐帕拉等人是優秀的騎士，希望能請她們陪練是琳蝶最大的願望。
聽到小姑可愛的請求，艾黛兒短暫沉默後認為這點小事應該無妨，便點頭答應。

二

向歐帝斯傳達琳蝶的請求後，他一開始面有難色，但看見艾黛兒對琳蝶展現出的好感後還是軟化態度，便答應一週讓她們陪琳蝶練習一次。

今天是首次練習的日子，王家孩子代代居住的區域都設置了練劍用的廣場。

琳蝶意氣昂揚地現身，艾黛兒看見她的兩側時嚇一大跳，沒想到王太后宓爾特亞和第三王子路貝盧姆也一同出現。

艾黛兒和宓爾特亞在抵達奧斯特洛姆之後與結婚典禮當天曾見過面。

「王太后殿下，貴安。在與歐帝斯國王陛下的結婚典禮之後，一直沒能向您請安問候，真的非常不好意思。」

艾黛兒彎腰一鞠躬，宓爾特亞靜靜制止她。

「我的女兒提出任性的要求，我十分感謝王后殿下的體貼。我沒有把女兒教好，還請讓我在此致歉。」

「不會，沒有這回事。」

前任王后宓爾特亞有著一頭亞麻色頭髮和一雙褐色眼睛。她出身於奧斯特洛姆南邊鄰國，和艾黛兒相同，是因為政治聯姻而嫁到這個國家來。

她有張文靜的臉孔與恬靜的氛圍，完全感覺不出她是歐帝斯等四個孩子的母親。

「嫂嫂大人，我非常期待今天的到來。」

開朗聲音的主人，是將頭髮在腦後綁成一束、身穿襯衫搭配長褲訓練服裝的琳蝶。

琳蝶迫不及待地拉著歐帕拉等人，前往訓練場正中央。

「我也可以喊您嫂嫂嗎？」

「當然可以，路貝盧姆殿下。」

「嫂嫂大人謝謝您，還請叫我路貝盧姆就好。」

「好，也請你多多指教。」

和善開口說話的路貝盧姆有著溫柔表情，緩解了艾黛兒的緊張，和琳蝶有相同髮色與眼睛的他是第三王子，但目前是王位的第一順位繼承人。因為他的二哥耶諾斯早已因為意外過世。

「非常感謝您應允琳蝶的任性要求，她們練習中您應該會很無聊，還請讓我陪您聊天。」

艾黛兒對路貝盧姆的體貼莞爾，他想和自己打好關係的心意令人開心。

他們三人現在坐在與訓練場相連的露臺上的圓桌旁。

但在和路貝盧姆聊天之前，艾黛兒有話得先對宓爾德亞說。

「那、那個，宓爾德亞殿下，之前的茶會中，我的陪侍做出相當失禮的言行，請讓我代她謝罪。而且……我也沒有辦法阻止她，關於這點我也感到非常抱歉。」

「陛下已經對我解釋過事情始末了，王后殿下不必再次道歉。」

宓爾特亞的語氣與方才一樣平靜，但可以感受到她的體貼。大概是歐帝斯在背後幫忙，感謝宓爾特亞心胸寬大。

掛心之事解決後，艾黛兒放鬆喝了一口茶。

「嫂嫂大人有一頭雪精靈般的漂亮長髮呢。」

路貝盧姆無法隱藏起興趣般地開口說話。

「這個髮色在澤斯不罕見喔。」

「聽說是這樣呢，聽說北西的國家大家都是銀色頭髮。但我第一次見到您時，還以為我看見精靈呢。」

「謝、謝謝誇獎。」

小小紳士的讚詞讓艾黛兒頓時語塞。

「我聽說……路貝盧姆的劍術也很高超。」

「謝謝誇獎，但我不管是劍術還是馬術，都還遠遠不及兄長大人。」

「你平常會練習嗎？」

「會，今天是來陪琳蝶練習，但我平常也會有騎士陪練。」
「我聽聞這國家的女孩子也會學習劍術與射箭時，嚇了一大跳呢。」
「雖然沒有女騎士團，但我的母國也有不少喜歡武藝的女性。」
宓爾特亞輕聲插話。
「是這樣啊，不同國家的文化也各有不同呢。」
「是啊，但我女兒有點太活潑，讓我很煩惱。」
宓爾特亞看著氣勢十足吼聲練劍的琳蝶。
「母親大人對所有事情都太過擔心了，我在練習時也常常在旁插嘴。」
路貝盧姆立刻接著插話。
「因為你們年紀還小，母親擔心你們也是當然。」
宓爾特亞語氣平靜地教誨兒子。
路貝盧姆沒有反駁，只是看著艾黛兒。
「將來有天，我也想和兄長大人並駕齊驅。」
「那很棒呢，我前幾天看了陛下騎馬訓練的模樣。十分勇猛、英挺且優美呢。」
「我也好想看，奧斯特洛姆的王族推崇百般武藝樣樣精通，父親大人也十分強大。」
路貝盧姆眼中帶著對強大的純粹憧憬，很自豪地說著王族的哪位人物有多強大等等的話題。

艾黛兒邊在腦海描繪出奧斯特洛姆王家的關係圖，邊聽路貝盧姆說話。

路貝盧姆也說了幾件艾黛兒不知道的歐帝斯軼事，艾黛兒不知不覺中笑著聽得入迷。

不知何時已到了琳蝶結束練習的時間，她一臉滿足地跑過來。

「嫂嫂大人，今天真的非常感謝您。」

「請別客氣，練習還開心嗎？」

「是的，非常開心！啊，然後和我說話請別這麼有禮。」

「嫂嫂大人，我也不需要。」

「路貝盧姆，你和嫂嫂大人的關係也變得太要好了吧？」

「因為我和嫂嫂大人談論兄長大人談論得相當熱烈啊，聽嫂嫂大人說她前一陣子看了兄長大人的騎馬訓練呢。」

「太奸詐了，我也想和嫂嫂大人變得更要好的耶。」

雙胞胎你來我往地對話著，他們默契十足的互動令人莞爾。

「對了，嫂嫂大人，接下來要不要去看看我的馬？牠名字叫利斯納，啊，我們一起騎馬如何呢？好不好？」

琳蝶興奮地邊問邊跑到艾黛兒身邊。

「那我也把我的馬介紹給嫂嫂大人。」

「你們兩個，不可以這樣為難王后殿下。王后殿下不是你們的玩伴，而是陛下的王后。特別是琳蝶，妳不僅不經允許擅自去打擾王后殿下，甚至還提出這樣任性的要求。」

宓爾特亞看不下去，邊插話邊站起身朝琳蝶招招手。

「想請歐帕拉她們陪我練劍也是理由之一，但我也想要和嫂嫂大人變得更要好一點啊。」

琳蝶誠摯的話語令艾黛兒感到開心，之後也沒有什麼預定行程，她也想和琳蝶多相處一會兒。

「琳蝶──」

正當艾黛兒想開口說話時，周遭出現些微騷動。

前來通報的人抵達時，歐帝斯幾乎也同時現身。

「陛下，怎麼了嗎？」

艾黛兒睜大眼睛詢問歐帝斯。

「我來看看妳，也來看看弟妹們。琳蝶、路貝盧姆，最近還好嗎？」

歐帝斯看向弟弟、妹妹，艾黛兒也跟著轉過去看兩人，琳蝶整個人躲到剛剛她剛剛還在反抗的宓爾特亞身後。

「兄長大人，貴安。」

路貝盧姆站起身，用稍顯僵硬的聲音打招呼。琳蝶也跟著小聲打招呼，方才活潑的氣勢消失得無影無蹤。
歐帝斯也趁勢看向宓爾特亞。
「母親大人也一切安好嗎？」
「陛下也是，看起來一切安好。」
說完後兩人陷入沉默。身為母子這個問候顯得太制式化，但話說起來，雙胞胎的問候也同樣生硬。
「……這樣啊，一切安好就太好了。」
歐帝斯接著從宓爾特亞身上移開視線，對艾黛兒說話。
「艾黛兒，我們走吧。」
「那個，陛下，接下來……琳蝶說要介紹她的愛馬給我，如果還有時間，我想要去看看。」
「……馬啊。」
歐帝斯的回應不太乾脆。
「這樣說起來，我記得妳很擅長騎馬。」
聽到歐帝斯的低語，琳蝶驚訝地抬起頭，感覺她很意外哥哥會知道這件事，嘴巴也微微張開。
「兄長大人！我最近也被老師誇獎我馬術進步了，我的能力已經提升到可以參加今年烈則庫涅宮殿的假期狩獵了。」
「路貝盧姆！」
宓爾特亞發出針刺般的尖聲，現場瞬間鴉雀無聲。
「母親大人，我也是奧斯特洛姆男兒。我聽說兄長大人十歲便參加狩獵，我已經十二歲了。」
早一步先開口的人是路貝盧姆。
「你和陛下的立場不同。」
宓爾特亞的聲音帶著堅持不退讓的意圖，從路貝盧姆身上也感受到一步也不肯讓的堅持，他緊緊抿唇抬頭看母親。
歐帝斯沒有插嘴，窺視著宓爾特亞，發現他的視線後，她有點尷尬地低下頭。
「艾黛兒，妳再多陪我妹妹一下，但可別騎馬喔，只能看。」
「陛下，謝謝您。」
艾黛兒一笑，歐帝斯的眼睛也跟著柔和了起來，接著直接轉頭離去。
目送歐帝斯離去後，感覺路貝盧姆嘆起氣來，艾黛兒擔心地看著他。
「母親大人對兄長大人很客氣。」
顯得有些落寞的聲音引起艾黛兒注意，艾黛兒注視著他的臉，但他憂鬱的表情一瞬間就消失了。

「母親大人太愛操心了啦，當然啦，因為耶諾斯兄長大人——」

「琳蝶！」

小姑的聲音被宓爾特亞近乎驚聲尖叫的聲音打斷。

和琳蝶等人分開後走在王城內，一位壯年男性從對向走來，身邊伴著年輕女性。兩人發現艾黛兒後，退到走廊邊微微低頭。

艾黛兒想著這也是王后的工作，盡可能做出自然的表情從旁經過時，男子出聲喊了「王后殿下」，她不自覺停下腳步。

女官微微挑高眉毛，開口喊住比自己身分地位高的王后並讓她停下腳步，實在是荒謬至極的行為。

「您與陛下成婚後，已多少習慣這邊的生活了嗎？」

「是、是的。」

中年男子有著黑髮藍眼這典型奧斯特洛姆人的特徵。

「我名叫列西烏斯，這是我的女兒梅歐希卡。」

「你們好。」

艾黛兒不失禮問候的同時，腦海中也浮現奧斯特洛姆主要貴族的名字，她記得對方應該是參與國政的人物。

從他的語氣可以感受到上位者獨有的傲氣，態度也落落大方。

在父親介紹下抬起頭來的梅歐希卡，是位身材豐滿、凹凸有致，充滿肉感魅力的女性，充滿自信落落大方的模樣令艾黛兒無意識地別過眼去。

梅歐希卡直盯著艾黛兒觀察，眼中浮現嘲弄神色。

「今後我與女兒應該多有機會與王后殿下見面，改日再正式向您致意。」

列西烏斯卿到最後都不改他大方的態度，艾黛兒在女官視線催促下說了「我還有急事，恕我先告辭」後邁開腳步。

◆

「應該就此妥協了吧？」

歐帝斯看著澤斯送來的書信，威奧斯也在辦公室內。

議論的事情是關於羈押中的巴涅特夫人該如何處置。

雖然早有預料，澤斯不願把她交給奧斯特洛姆處置。這封書信上面的內容，就是希望奧斯特洛姆將巴涅特夫人的處置全權交給澤斯處理，合理推斷應該是她的原生家庭與王后大力主張後的結果。

和重臣們討論的結果，奧斯特洛姆放棄將企圖殺害王后的巴涅特夫人定罪，取而代之的是要求取得先前引發雙方戰爭的納斯德尼地區、國際河川洛斯河的治水權。這河川現在的治水權歸屬不明確，不屬於任何一方。

這條河川河道數度跨越兩國的國境，如果可以得到上流的治水權，就能提升奧斯特洛姆人民的生活品質。此外，如果今後兩國關係惡化，在對澤斯供水的層面上也能站上優勢。

奧斯特洛姆也有面子要顧，大臣們想盡量能要多少就要多少，提出追加賠款等許多方案。

歐帝斯再次確認要交由談判外交官送給澤斯的信件後，簽上大名。

結果還是沒能抓到伊斯維亞王后在背後主導的證據，巴涅特夫人仍堅持是自己決定要殺了艾黛兒。歐帝斯原本很想要自己親自動手處置，但他不能以個人的感情為優先。

談判已經進入最後調整階段，過不久就要將巴涅特夫人遣返澤斯。今後預定將會收監於澤斯國內的大牢中，歐帝斯也預定派人前往監視澤斯確實將她收押大牢。

「威奧斯，那個女人應該還沒死吧。」

「聽人報告，雖然變瘦了，但嘴巴仍舊相當厲害。」

「……沒死就好，姑且替她增加點體力讓她能承受旅程吧。」

從奧斯特洛姆回澤斯的旅程不短，不打算替她安排待遇極佳的旅程，但如果她死在路上，可想而知會演變成麻煩的事態。

「我明白了……話說回來，關於參加夏季狩獵者的名單，侍從長那邊已經陸續收到回覆了。在那之前還有王宮舞會。」

威奧斯點頭後，拿起文件改變話題。

「短暫的夏天即將到來，我完全搞不清楚舞會到底哪裡好就是了。」

話題轉到社交活動上，活動豐富的季節即將到來，但比起優雅的舞蹈，歐帝斯更喜歡練習劍術。

「也需要轉換心情，消遣解悶。戰事連連，貴族們也連續緊張好一陣子。說到這點，今年夏天抽出一點時間陪伴路貝盧姆殿下如何呢？他已經十二歲了，差不多該以見習騎士身分參加訓練了。」

「但母親大人應該不願放手吧？」

「我也很明白王太后殿下擔心，但考量路貝盧姆殿下的將來，您開口勸說應該比較好。」

「你比我還更像是他哥哥。」

歐帝斯自嘲一笑，他和相差十二歲的雙胞胎只有最低限度的交流，雖說前幾天難得去見他們，但若不是因為艾黛兒，他應該也不會去。
「歐帝斯大人。」
威奧斯理解歐帝斯是對什麼感到憂慮。
歐帝斯嘆了一口氣。
「其實他自己也說想參加今年的狩獵，但母親拒絕了。」
每年王家的人都會到烈則庫涅宮殿避暑，有權勢的貴族們也會一同前往，夏日的社交活動會移師到烈則庫涅宮殿一帶舉辦。
男人透過狩獵加深交流，向王族展現自己的才能。能駕馭馬匹的人才是勇敢的奧斯特洛姆男人，這件事就是如此重要，且在王族內更為顯著。
歐帝斯自己在父王帶領下，十歲那年開始參加夏季狩獵。
歐帝斯身為背負國家未來的王太子而備受期待，且他自身武藝優秀，父王對他很是自豪，每次受到父王誇獎也讓歐帝斯心情雀躍，自己的能力被認同讓他更有自信。
確實該給予路貝盧姆相同機會，雖然理智上很明白，但同時也回想起另一個痛苦回憶。
「往明年讓他參加的方向調整吧。」
雖然今年遭到宓爾特亞反對，但路貝盧姆是現階段的王位第一順位繼承人，考量將來的事情後，這件事不能參雜私情。

這事總之先在此告一個段落，格律也正好在此時走進辦公室來。

他把書信交給歐帝斯時，順便閒聊起來。

「聽說艾黛兒大人最近和琳蝶大人很要好啊。」

兩人都知道艾黛兒的專屬騎士開始陪琳蝶練習劍術的事情。

「她似乎很喜歡琳蝶。」

「哎呀，那歐帝斯大人可不能輸了呢。你還為了艾黛兒大人那麼積極找來罕見的點心及水果耶。」

格律語氣調侃地插嘴歐帝斯的私生活。

「和妹妹比較也沒什麼意義吧。」

「你不是為了吸引艾黛兒大人注意，還特別訂購點心嗎？」

「我只是希望她可以對吃東西產生興趣而已。」

歐帝斯隱藏內心想法，閃避好友的追問。真是的，只要提起這件事，格律就會變得非常積極。

但確實如他所說。

艾黛兒似乎會將給她點心的人當作好人，她發高燒時曾囈語「尤恩」這個男性的名字，當時歐帝斯莫名感到不爽快。

之後詢問男性的身分後，艾黛兒回答他是哥哥的騎士，常常會拿點心給她。老實說歐帝斯感到相當不悅，他很想對艾黛兒說尤恩絕對別有用心，但最後一刻忍住了。

因為艾黛兒深信尤恩是同情她才這樣做，歐帝斯不想讓她知道不必要的事情，也不想讓艾黛兒一直掛念著這個男人。這無庸置疑就是嫉妒。在那之後，歐帝斯彷彿要與之對抗般，開始餵食艾黛兒。

「下次艾黛兒大人要去見琳蝶大人時，拿點心去給她們如何呢？」

「說的也是，我考慮一下。」

歐帝斯對威奧斯精準的建言點點頭。

「感覺歐帝斯大人也很享受結婚生活呢，明明先前還說著對政治聯姻沒有任何幻想的啊。」

「……你有意見？」

「沒有，我怎麼敢。夫妻和睦是件好事。幸好艾黛兒大人也不是太有自我主張的人。」

歐帝斯斜眼瞪了格律一眼。

「最近艾黛兒也開始會說起自己的希望了。」

剛結婚時，不管問艾黛兒什麼，她都畏畏縮縮的，但最近開始會把自己想做的事情與想法說出口，或表現在態度上。

「喔，是哪部分呢？」

格律催促歐帝斯繼續說下去。

「開始會分享對點心的感想，也對我說她想學騎馬和射箭。此外，她最近開始練習豎琴，我說我想聽她演奏，她有點困擾地低下頭。」

「哈哈哈……該怎麼說呢……你還真是享受新婚生活呢。」

格律不禁仰天，感覺對此產生興趣的自己有如傻瓜。一旁的威奧斯也一臉思索著不知該說些什麼感想的表情。

「再怎麼樣我都不打算同意她騎馬，但她說她想去看看琳蝶的愛馬，我當時特別去接她，結果淪落到最後自己回來的下場。」

歐帝斯想起前幾天的事情又接著說，格律終於忍不住噴笑出聲。

「艾黛兒大人努力想融入奧斯特洛姆，真是令人讚嘆呢。」

威奧斯代替笑個不停的格律接續說。

「是啊，騎馬與射箭等奧斯特洛姆女性的嗜好，以前曾被巴涅特夫人嘲笑過，她似乎相當介懷。」

「好像也曾有過這種事。但看見你們夫妻如此和睦，原來如此，我也理解列西烏斯卿感到焦慮的原因了。」

「他想讓女兒成為陛下愛妾的攻勢一天比一天猛烈，我聽說侍從長也相當困擾啊。」

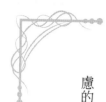

列西烏斯卿的女兒梅歐希卡和艾黛兒並列為歐帝斯的王后候選人。
列西烏斯卿想得到權勢的欲望昭然若揭，他似乎遲遲無法放棄與歐帝斯締結姻親關係的可能。他認為只要女兒作為愛妾受到國王喜愛，一族的地位就可能因而得到提升。
「你知道這位列西烏斯卿和他女兒，與艾黛兒大人接觸了嗎？」
格律一問，歐帝斯立刻睜大眼。
「我完全沒聽說。」
「真不愧是格律，消息真靈通。」
到底是何時？說起艾黛兒每天對歐帝斯說的話，就是對餐點的感想或散步途中看到哪種花盛開等瑣碎的事情。
艾黛兒不擅長向第三者傾訴他人對自己的惡意，貼身照顧艾黛兒的女官也沒任何報告。其實女官非常想把這件事情上告，但艾黛兒認為這不重要便制止她，艾黛兒與女官間的溝通也沒傳進歐帝斯耳中。
「列西烏斯卿確實棘手，只要在這次舞會上讓他看見你們夫妻和睦的模樣，他也會放棄。」
格律用著教師的語氣繼續說「要不然讓我教你們看起來很親密的舉動吧」，歐帝斯回嗆「不用你費心」。
列西烏斯卿是從先王時代起的重臣，不能等閒視之，但歐帝斯沒打算納妾，他的意志堅定。

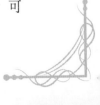

現在王家有多位擁有王位繼承權的男性，以弟弟路貝盧姆為首，叔叔阿圖爾和他的兒子也在繼承順位上名列前茅。

因此沒必要盡快生下子嗣。

艾黛兒對歐帝斯來說越來越重要，他眼光無法從開始展露出各式表情的艾黛兒身上移開。

他每天拚命壓抑著對睡在身邊的她的欲望，要和她親密不難，因為兩人是夫妻。

丈夫對妻子求歡，她也會溫馴順從，但這樣是不行的。

歐帝斯想要她的心，希望艾黛兒也能產生與自己同等的熱情，歐帝斯不滿足於只有肉體關係。

艾黛兒是第一個讓他對女性產生這樣執著情緒的人。

（不需要其他女人，只要有艾黛兒在我身邊就夠了。）

無法放開她了，希望她永遠在自己身邊。歐帝斯承認這份感情就是愛意，大概在與她共度的第一個夜晚，他就已經深受她吸引。

所以歐帝斯不想要躁進，正因為兩人是政治聯姻，希望下次親密接觸時，她能多少對歐帝斯傾心，即使只有一小塊碎片也好，希望她能把心交給他。

歐帝斯懷抱著難以應付的感情，彷彿想要排解身體熱度般，輕輕嘆了一口氣。

三

王宮舞會當天，王后貼身侍女們忙得不可開交。

從鄰國嫁來的王后要在奧斯特洛姆的貴族面前亮相，為了讓國內的貴族、特別邀請的市民階級的人們稱讚王后，侍女們展現出的幹勁與氣勢，幾乎凌駕於要上戰場的騎士們之上。

為了這天訂製的禮服是映襯艾黛兒眼睛顏色的淡紫色，裙子用最高級絹絲織成的布層層交疊，禮服外還披了一件鑲上一圈白色毛皮的斗篷。這是只有國王與王后得以穿上身的衣物。腰部繫上一條用細金鍊製作，還鑲上無數寶石的裝飾鏈。

大廳早已擠滿賓客，看見國王與王后登場瞬間悄然無聲。

艾黛兒站在歐帝斯身邊，維持自己的視線高度接受賓客的注視。她嫁到這國家已過數月，以這場舞會為起點，她將會在接下來開始與這國家的貴族交流。

艾黛兒拚命忍受針刺般的視線，如果要站在他身邊，就得習慣。

歐帝斯宣告舞會開始後，樂團做好演奏準備。

「艾黛兒。」

歐帝斯邀艾黛兒走向大廳中央，國王與王后要在眾人注目中跳開場舞。艾黛兒緩緩地將自己的手放上他的掌心。

國王歐帝斯今天也是一身華美裝扮。

宛如在黑墨中滴上一滴藍的深藍騎士禮服，袖口與領口鑲以金線刺繡，披著與王后成對的斗篷。胸前別著幾個勳章，在光線照射下發光。

將原本就精悍的他襯托得更加挺拔。

他這樣出色的外貌，讓艾黛兒不知道該把視線擺在哪裡才好。無法直視他真令人傷腦筋，雙頰不由自主染紅。

艾黛兒一直以為光鮮亮麗的舞會以及有人邀舞，是和自己一輩子無緣的事情。

「陛下，對不起。」

不管怎麼練習，舞技都沒太大長進，艾黛兒非常不安。果不其然，艾黛兒踩到歐帝斯的腳了。

「別在意，不怎麼痛。」

「但、但是……」

雖然歐帝斯表示比起舞會他更喜歡練劍，但他的舞技絕佳，輕而易舉地領著艾黛兒起舞。明明穿著厚重斗篷跳舞，動作卻輕盈得彷彿斗篷不存在。

「我常常穿著厚重衣服跳舞，以前老師曾教導，一支舞的好壞全看男方領舞的功力。」

歐帝斯稍微揚起嘴角，他的心情似乎很好。

「非常感謝您的體貼，陛下舞跳得非常棒呢。」

全歸功歐帝斯的領舞，艾黛兒彷彿成為妖精般輕盈舞動，就連現在跳錯舞步也能掩飾過去。

「我不討厭活動身體。」

眼神對上，兩人自然地互視微笑。不知從何時開始不再在意四周，身體因而放開緊張感，開始能感受跳舞的樂趣了。

夢幻般的時光轉瞬即逝，音樂一度停止，艾黛兒與一位重臣跳起下一首樂曲，而歐帝斯也同樣與對方的妻子共舞。

跳完幾首曲子後，有點疲憊的艾黛兒回到國王夫妻的位置休息，歐帝斯走過來。

「艾黛兒，會不會累？」

「陛下，我沒問題。」

艾黛兒微笑，喝下侍者拿給她的水果水。在艾黛兒享受冰冷液體滑過喉嚨的感受時，歐帝斯也喝起葡萄酒。艾黛兒前幾天第一次喝了點稀釋後的葡萄酒，但她絲毫不覺哪裡好喝，老實對歐帝斯說了還被他取笑。

「母親也是，會不會累呢？」

坐在附近的宓爾特亞靜靜地垂眼回答：「陛下，謝謝您的關心。」她沒有下場跳舞，只是在旁看著。

艾黛兒悄悄地看了國王又看了王太后，她前幾天也有同樣感覺，這對母子有點生疏，感覺兩人間隔著一層薄冰。

（他們兩人之間……發生什麼事了？）

在艾黛兒沉思這件事時，許多人聚集前來想向國王夫妻致意。

艾黛兒慌慌張張端正表情，和歐帝斯一起依序向眾人問好。

聚集而來的諸侯都對兩人獻上結婚祝福，急性子的人甚至還笑著說「將來要出生的孩子不知是男是女呢」等等。

艾黛兒也揚著嘴角應對。

「看見國王陛下夫妻平安健康，真是太好了，請容我致上祝賀。」

一旁響起特別響亮的聲音，包圍國王夫妻的人群往旁邊分開空出空間，大大方方步行其中往兩人走近的，是氛圍與歐帝斯相近的中年男性，他們的眼睛特別相像。

「叔父大人。」

歐帝斯放鬆表情。

現在能得他如此稱呼者只有一人，阿圖爾．法斯納．庫錄斯．奧斯特洛姆。先王的弟弟，擁有王家第二王子以下的「庫錄斯」稱號，路貝盧姆也有相同稱號。

「艾黛兒，我替妳介紹。這是阿圖爾叔父大人，他的領地位於和東南鄰國凡謝鄰接的地區。」

「初次見面，阿圖爾殿下。」

「無法出席兩人的婚禮真的很不好意思，還真是超越傳聞的美麗公主呢，今後還請多關照。」

艾黛兒也聽說他負責處理與凡謝間的戰後處理工作，相當忙碌。

因為與歐帝斯相似的緣故，艾黛兒對他有親近感，他也露出友善的微笑。

「叔父大人，您今年會來烈則庫涅宮殿嗎？」

年輕君主的遣詞用字對叔父表達出一定敬意，繼續說道。

「和凡謝間的談判還沒結束，因為都是才剛結束對戰的對手啊，身為領主，我無法離開領地太久。」

「沒辦法瞧見叔父大人的狩獵手腕，應該會有許多人感到傷心。」

「唔嗯……那麼，我派我的心腹到離宮去吧，他的狩獵能力可是足以與我匹敵呢。」

「那還真是令人期待呢，那麼事不宜遲——」

兩人在那之後熱切談論了一點關於政治的事情，最後親密地輕擁後結束對話。

「那麼改天見。」

阿圖爾離開之前一度注視著艾黛兒，將她從頭到腳打量一番後，才和其他重臣邊說話邊離開。

「兩位的感情很要好嗎？」

「是啊，叔父以前常常陪我練劍，在父親之下最強的人就是叔父。他有兒子，但兒子偏文官，叔父常常對此感到很遺憾。」

在艾黛兒深感興趣地聽歐帝斯輕鬆說著家人以前的事情時，下一位要問候的男性上前。

「是列西烏斯卿啊，一切可安好？」

「陛下，也請您對我女兒梅歐希卡說句話。」

這是艾黛兒不久前在王城見到的人物，他身邊還帶著身穿強調身體曲線禮服的女兒。

「一切可安好啊，梅歐希卡小姐。」

「國王陛下，有幸親自拜會您讓我備感榮幸。」

梅歐希卡面露豔麗笑容，毫不吝嗇地半露出她豐滿胸脯的性感禮服，發揮出她百分之一百二的魅力。

「不對我的王后問聲好嗎？」

歐帝斯略顯粗聲一說，梅歐希卡再次屈膝朝艾黛兒問候，但她最後看向艾黛兒的視線中，一瞬間混雜著挑釁意味。

艾黛兒反射性震了一下，輕輕別開視線。

「女兒今晚非常期待可以拜謁陛下。」

列西烏斯卿大聲說道。

「女兒的心意至今未曾有任何改變，希望可以隨侍陛下左右、奉獻身心。請陛下務必將此事掛在心上。」

周遭聽到這句話後一陣騷動，雖然不大聲，但艾黛兒也聽見有人倒抽一口氣。

梅歐希卡熱切的視線投注在歐帝斯身上，彷彿他身邊的艾黛兒根本不存在，她強而有力的視線只停留在一人身上。

「當然，如果您今晚召見也能立刻實現。」

艾黛兒當場僵硬，有種身體中的血液開始逆流的感覺，雖然沒有明說，但他的意圖相當明顯。

列西烏斯卿明顯請求歐帝斯寵幸自己的女兒，還帶著「如果國王有意願，今晚就能讓女兒立刻到國王寢室侍寢」的含意。

「列西烏斯卿，我才剛娶妻，真虧你有膽在我妻子面前說出這種話啊。」

歐帝斯低聲回應後，列西烏斯卿表面道歉後轉身離去。

顯而易見歐帝斯已打壞心情，但他立刻擺回原本端正的表情。

艾黛兒完全不記得在那之後和誰說了些什麼話。

她想起來了，想起親生父親澤斯國王身邊也有許多女性圍繞，想起父王有時會把女性找進寢室，或是到女性的住所去。

◆

列西烏斯卿和女兒一起離去後，艾黛兒明顯心緒不寧。諸侯們在旁仔細地觀察王后的動向，大多抱著一種看好戲的感覺。不管怎樣，都是令人不愉快的事情。

（只因為我年輕，就瞧不起我。）

若非如此，怎麼可能那樣蠻不在乎地薦舉自己的女兒當愛妾。

歐帝斯在那之後也邊應付諸侯們，內心憤怒不已。他其實很想大聲怒吼「別開玩笑了」，但身為國王，這不是值得讚賞的行為。

艾黛兒因為她的出身在澤斯遭受虐待，她也對自己的出身感到自卑。當面聽人對她說這種話，更無法估算她會有多麼不安。

「艾黛兒，來跳舞吧。」

「好的，陛下。」

她臉上的紅潮已經淡去，但聲音很清楚。為了讓大家看到兩人夫妻感情有多好而邀她共舞，但從艾黛兒紫水晶的雙眸中看見比剛剛多了一點陰霾。雖然她表現得很堅強，但果然還是難以忍受吧。

「艾黛兒，妳臉色很差，要不要先回去休息？」

與其讓她暴露在這種惡意中而受傷，倒不如讓她先去休息比較好。在這之後也只剩下貴族們喝酒、喝醉，各自享受舞會而已。

「但是……」

「母親大人已經離開了，因為她想盡可能親自照顧雙胞胎，所以妳先離開也沒關係。」

歐帝斯提出讓艾黛兒不會有所負擔的說法，她也回答「我明白了」。

首次參加舞會大概也讓她累了，不想太勉強她。她離開前和自己對上眼，一副欲言又止的表情注視著自己，但那也僅僅一瞬，她就在女官帶領下離開舞會。

歐帝斯預定還要在舞會上多待一會兒。

在只剩下歐帝斯一人的瞬間，帶著年輕女性的貴族們靠近他，讓他感到厭煩。顯而易見這些貴族抱著「不能輸給列西烏斯卿」的想法。

他為了表現沒那種意思的態度而移動到另一個房間，和年齡相仿的男性交換政治與軍事的意見。

在討論得熱烈時，侍從長從背後走近說了一句話。
歐帝斯起身迅速邁開腳步，威奧斯慌慌張張跟在他身後。
「我今天先離開，剩下就交給你隨便處理。」
「陛下，包在我身上。」
「威奧斯，有勞了。」簡短道謝後，歐帝斯急忙前往艾黛兒身邊。

◆

褪去厚重服裝應該變得輕盈，但心情仍然沉重。
她明白理由，列西烏斯卿和歐帝斯剛才的對話在艾黛兒腦海中轉個不停。
歐帝斯要自己中途離開舞會，是因為自己在那之後待在他身邊會有點尷尬嗎？所以艾黛兒換下禮服做好就寢準備的此刻，人還留在王后房裡。
有多久沒用這個房間了呢？在退燒痊癒之後，艾黛兒仍然日日在歐帝斯身邊入眠。他雖沒有求歡，但入睡時總把艾黛兒鎖在懷中，直至天明都不放開。
（但是……今晚肯定。）
光想像都讓艾黛兒眼頭發熱。

今天享受這些的肯定是梅歐希卡，他肯定會召她侍寢。

一想到這件事就讓艾黛兒難過得心胸欲裂，想像歐帝斯與自己以外的女人共度一夜讓她感到絕望，第一次有這般激動的情緒，她痛苦得身體簡直要四分五裂。

（我……在嫉妒梅歐希卡，她擁有很多我沒有的，我這乾癟的身體肯定無法滿足陛下。）

伊斯維亞王后也長年被囚禁於這般情緒之中啊。

艾黛兒眼前浮現梅歐希卡的身影，比艾黛兒稍微年長，五官深邃的美麗女孩，成熟的肉體如熟透的果實般水嫩，自己的身體根本無從比較。

一思考至此，胸口更痛了。

「王后殿下，床鋪已經整理好了……但是，今天真的要使用這邊的房間嗎？」

侍女委婉問道，艾黛兒露出淡淡微笑肯定。

「晚安。」

一人獨寢的床鋪感覺好寬敞，艾黛兒在床邊坐下。

國王會有許多愛妾，澤斯國王在自己母親消失之後，偶爾會召來女人侍寢。絕對不對王后出手，他會隨興地去其他屋子或是離宮。這種時候，王后就會特別明顯地嚴厲對待艾黛兒。

自己也站到相同的王后立場上了。理智很清楚，心裡卻痛苦得抽痛。這是她認識歐帝斯前無從得知的情緒。

先前的狀況肯定才是特別，今後得習慣孤枕入眠的床鋪才行。
所以只有今天，只有今天可以稍微哭泣嗎？就在艾黛兒如此思考之時，房門突然被人用力打開。
「艾黛兒！」
「陛、下……？」
語氣驚慌進入房內的人是歐帝斯。
「今天要分房睡是怎麼一回事！妳身體不舒服嗎？發燒了嗎？」
轉眼間來到艾黛兒身邊的歐帝斯當場跪在床邊，嚴肅的表情嚇了艾黛兒一跳。
他脫下手套貼上艾黛兒的額頭。
「沒有發燒。」
「那個……我的身體沒有不舒服。」
歐帝斯明顯鬆了一口氣的聲音，令艾黛兒感到困惑。
他今天不是要召梅歐希卡侍寢嗎？所以才會要艾黛兒先離開的不是嗎？艾黛兒害怕聽到答案而不敢問出口，就在此時被一把抱起。
「啊！」
艾黛兒發出不成聲的尖叫，他就這樣把艾黛兒抱進國王寢室。

「妳睡覺的地方是這裡才對吧？」

被輕放在平時睡覺的床鋪上，艾黛兒困惑地仰頭看歐帝斯，他眼中浮現受傷神色。為什麼呢？兩人注視著彼此一段時間。

「……那個，但是，我在這邊不好吧。」

先開口說話的人是艾黛兒。

「妳很在意列西烏斯卿剛剛說的話嗎？」

聽見歐帝斯明確說出掛心的事情，艾黛兒沉默低下頭。

「我沒打算對列西烏斯卿的女兒做什麼。」

「是……這樣……嗎？」

「那是當然的啊，我都有妻子了，怎麼可能對其他女人出手，有妳就夠了。」

歐帝斯輕撫艾黛兒的臉頰。

他低沉卻溫柔的聲音搔動心胸，他身邊的位置仍然是專屬自己嗎？思考至此，熱氣開始往臉上聚集，這就是所謂的占有欲嗎？

「妳果然累了，別等我，趕快先睡。」

歐帝斯低頭探看艾黛兒的臉，淡藍雙眼擔心著自己，快要被那份透明吸進去。胸口鼓動「撲通撲通」加速，這份在自己心中擾動的情緒讓人不知如何是好。

「……沒有，我不會累。」

「但妳的臉色不太好。」

「那是……那是因為……因為我很寂寞。」

現在不想把話吞下去，想伸出手，拜託，希望你摸摸我。

「一想到今晚陛下可能會上哪裡去……我就感到非常寂寞。」

在離歐帝斯最近的距離，艾黛兒敞開部分的真心。

「這樣……啊，妳對我的事稍微產生嫉妒心了啊。」

被人明確說出口，艾黛兒銀色睫毛一震，這果然是太不知天高地厚的心思了吧，政治聯姻與個人意志毫無關係。

「對不起，請忘了我剛剛說的話。」

「怎麼可能忘，我可以，稍微自戀一下嗎？」

呢喃細語在耳邊輕拂，艾黛兒想要深讀這句話的意思，但又阻止自己，這簡直像是……不可以，不可以深究。

艾黛兒至今一直暴露在他人的惡意中，所以對直率接受他人的好意仍然感到不知所措。

艾黛兒輕喘，感覺空氣稀薄，心跳又更加速。

「那、那個……陛下。」

「艾黛兒。」

彼此視線交纏，身體無可自主地發疼。真希望時間可以停在此刻，想要永遠被困在他的雙眼中。

希望身體的熱度、自己的心意能傳達給歐帝斯。到底經過多少時間了呢？

歐帝斯輕輕抬起艾黛兒的手，在她的手腕、指尖落下親吻。而她，對他彷彿輕撫內心深處的細膩碰觸方式泫然欲泣。

慢慢地被推倒在床鋪上，兩人之間的氣氛明顯變得不同。

「我一直很想碰觸妳。」

歐帝斯渴望的聲音從正上方落下。

想要你的碰觸，想把所有一切，連內心深處也全交付出來。

艾黛兒舉起手，指尖稍微碰觸歐帝斯的臉頰，歐帝斯握住她的手，嘴唇往上一壓。

「艾黛兒。」

那是彷彿撫摸自己心胸的聲音，艾黛兒無聲地注視著他。我也想要碰觸你，拜託，求你。她在心中如此不停祈禱。

最後他終於慢慢俯下身，堵住艾黛兒的雙唇。一瞬間的相觸如同輕軟白雪般的觸感。當艾黛兒祈求著再一次時，再次落下一個親吻。親吻逐漸染上熱度，兩人沉醉其中。

這天，兩人暌違已久地合而為一。

間章

「艾黛兒，妳醒了嗎？」

早晨，朦朧清醒時，溫柔的呼吸輕搔耳邊，從後方環抱艾黛兒的雙臂已成為無可取代的重要之物。

「醒了，陛下。」

「我昨天也說了，只有我們兩個時，叫我歐帝斯。」

「是的……歐帝斯大人。」

艾黛兒轉過身面對歐帝斯，他柔柔地瞇起眼睛手指纏繞銀絲，他的另一隻手仍堅定環在艾黛兒的背上；艾黛兒則如幼童般，毫無防備地將身心全交付在丈夫手上。

彷彿只摸頭髮還無法滿足，歐帝斯的指尖移往艾黛兒的眼瞼與嘴唇。

當艾黛兒輕輕閉上眼時，親吻從天而降。在她被翻倒換成仰躺的同時，寢室房門響起輕敲門的聲音。

「還真早。」

歐帝斯感到相當遺憾。

在國王清醒的同時，宮殿也動了起來。從進房的女官手中接過蜂蜜湯，艾黛兒小小喝了兩口。符合艾黛兒喜好甜度的湯滑入胃中，身體逐漸暖起來。

自從與歐帝斯再次有了親密關係後，已過了數日。

艾黛兒最近最喜歡的，就是偷偷看著寵溺表情從歐帝斯臉上退去，轉變為國王表情的瞬間。纏繞在他身上的氛圍會變得嚴肅，讓他的精悍增添幾分。但艾黛兒每天看得癡迷這件事，可得對歐帝斯保密。

彼此做好準備走入早餐餐室時，歐帝斯早已落座，正在聽侍從長報告他今天的預定行程。除了常規公務外，還有軍隊訓練、各種會議、視察、會面等等，國王非常忙碌。所以艾黛兒能獨占歐帝斯的時間很少。

發現艾黛兒後，他停下和侍從長的對話笑彎了眼。

早餐是能和他單獨共度的珍貴時光，餐桌上擺著麵包、湯品、雞蛋料理還有肉腸等各種食物。

「今天是要陪琳蝶練劍的日子對吧，那孩子沒對妳說些任性要求，讓妳傷腦筋吧？」

「琳蝶殿下很有朝氣也很可愛，她能喜歡我，讓我感到非常開心。」

當琳蝶練劍時，艾黛兒會在一旁刺繡或看書。如果時間許可，宓爾特亞也會同席教艾黛兒刺繡，艾黛兒正在學習奧斯特洛姆的傳統圖樣。
「我希望將來能親自縫製陛下的袖口裝飾。」
「我很期待。」
為丈夫刺繡是妻子的工作，一想到他穿上自己縫製的衣物就讓艾黛兒心情雀躍，她最近心無旁騖地練習刺繡。
「來，再多吃點。」
歐帝斯把麵包放在艾黛兒的餐盤上，艾黛兒最近很喜歡這個加了葡萄乾的麵包。一想到他知道自己的喜好，就令人感到開心。
艾黛兒的食量比剛嫁過來時養大許多，但歐帝斯認為還有待加強。端上桌的每樣餐點都很好吃，不小心就會吃太多。因此艾黛兒也害怕自己會變胖讓他幻滅，肚子和上手臂都增加不少軟嫩肉肉，但胸部沒有絲毫長大跡象，這是為什麼呢，讓人有點無法接受。
「離要去烈則庫涅宮殿的日子也近了，我也和琳蝶殿下約好要一起去散步。」
不久後就到夏日休假的時期，話雖如此，因為重臣們也會一同移動，只是把社交地點移往離宮而已。
「琳蝶殿下很期待在烈則庫涅宮殿裡騎馬，她也帶我去看過利斯納，牠很聰明，而且眼睛好清澈。」

「……還真虧母親大人答應她。」

大概是無意識的低語，歐帝斯語氣中帶著些許苦澀。

「我聽說兩位殿下的馬術都很精湛。」

「是啊，沒錯，我也聽說路貝盧姆最近特別努力練習馬術和武藝。」

歐帝斯收起方才顯露出的情緒波動後回話，艾黛兒感到些許在意，但也刻意不提，繼續說話。

「路貝盧姆殿下告訴我許多奧斯特洛姆的事情，好像是我的小老師一樣。」

也是開始學習奧斯特洛姆語的艾黛兒的好老師，艾黛兒向雙胞胎借來兒童故事集，邊看書邊學習這個國家的傳承等事情。

「妳和他的感情變得很好呢。」

「路貝盧姆殿下是位小紳士，第一次見面時，殿下還說我像是雪之精靈呢。」

十二歲少年有點裝大人的誇讚詞，艾黛兒不習慣有人這樣誇獎她而嚇了一跳，但路貝盧姆表現出想要和艾黛兒交好的意思，這份心意也令她開心。

「那傢伙這樣說？」

「是的，第一次有人這樣說我讓我嚇了一跳。」

「我也是。」

「咦……？」

「我也覺得妳就跟白百合一樣美麗。」

「……！」

歐帝斯表情認真地口吐驚人之語，艾黛兒的臉瞬間染紅，肯定比蘋果更紅。

「妳的眼睛也是，就跟水晶一樣美麗。」

艾黛兒忘了該怎麼呼吸，嘴巴輕輕張闔努力吸進空氣。

「那、那個……我也……喜歡……陛下的眼睛。」

想要回應些什麼，好不容易才終於全部說出口。

一說完，歐帝斯彷彿被趁虛而入般一瞬間沉默，手撐著下巴從艾黛兒身上別開視線。艾黛兒則是因為說出大膽的台詞而羞得低下頭，所以她沒有發現歐帝斯的雙耳紅透了。

第三章

一

烈則庫涅宮殿建於森林與山丘圍繞的鄉下，距王都盧庫斯有一天馬車路程的距離。和建於山丘上、俯視盧庫斯的宜普斯尼卡城相比，精緻小巧許多的離宮，每年夏天一到迎接王族蒞臨後瞬間變得熱鬧。

在短暫休假期間，得以從政務中解脫的歐帝斯一臉神清氣爽。

艾黛兒則是和在宜普斯尼卡城無異，每晚都在歐帝斯懷抱中安眠。雖說如此，每天不會熬夜，過著相當健康的生活。

抵達離宮後第三天早晨。

歐帝斯邀艾黛兒早餐前去散步。

侍女尤莉葉替艾黛兒換上輕便的散步用衣裝，長版襯衫底下穿著被看到也無妨的襯衣，襯衫下襬放在裙子外面，上面繫上皮帶。裙子長度比腳踝高一點，隱約可見小腿肚。

走在身邊的歐帝斯也一身下級騎士般的輕便裝扮，兩人一身微服出巡的模樣在離宮附近的樹林中散步。雖說如此，兩人的護衛騎士仍以不遠也不近的距離跟著他們。

早晨的微風舒適，艾黛兒心情平靜地享受散步時光。

從小每年都會來此的歐帝斯毫不猶豫地領著艾黛兒前行。

「這是什麼鳥的叫聲呢？」

樹林間傳來「嗶啾啾」的可愛鳥囀。

「這是……蒼亞鳥吧。」

歐帝斯說：「妳看，就在那邊。」艾黛兒順著他手指的方向看過去，一隻深藍色的鳥停在綠意盎然的樹枝上。羽毛上有白、黑圖樣，非常可愛。

「歐帝斯大人知識真豐富。」

「這很普通。」

艾黛兒微微一笑，歐帝斯也跟著笑彎眼，在他藍色的雙眼倒映著自己，光是如此就讓艾黛兒心跳加速。

歐帝斯偶爾停下腳步，邊說些孩提時代的回憶邊帶領艾黛兒往深處走。走著走著，來到許多盧維拉果實群生的地方。

「哇啊……」

美麗景色令人不禁讚嘆。

盧維拉在現在這個時期長成紅色果實，許多森林中都有其群生地。柔軟的果實酸酸甜甜的，是常見的兒童點心，也常被加工做成果醬或醬料。

艾黛兒離開歐帝斯身邊，走到結著盧維拉果實的枝葉旁。

「今天下午要摘盧維拉對吧？所以我想在那之前先帶妳來看看。」

盧維拉果實也拿來做肉類料理的醬汁。因為男人們明天要出去打獵，今天下午預定婦人們要聚集起來摘採盧維拉。聽說會有許多肉類料理，以此為前提，事前做準備、摘好盧維拉，這是奧斯特洛姆從以前傳承下來的習慣。

「非常漂亮……而且，看起來好好吃。」

深紅果實只有成人拇指大小，外表亮澤豔麗，如寶石般美麗。

「我以前也常和格律他們偷吃呢。」

歐帝斯摘起盧維拉，拍去上面的灰塵之後餵食艾黛兒。已經完全習慣他餵食行為的艾黛兒順從地咀嚼果實，一咬下，酸甜果汁在口中擴散開。

「很好吃。」

艾黛兒綻放溫柔的笑容。

歐帝斯微微屈身，輕輕碰觸她的嘴唇後立刻分開。

「我覺得這比較好吃。」

「！」

只是輕觸的親吻立刻離開，出奇不意的行為讓艾黛兒心頭激動。兩人的視線交纏，輕風掬起艾黛兒的秀髮。銀色細髮隨風輕柔飄動，歐帝斯仔細地替她撥開糾纏在臉上的髮絲。

彷彿不滿足似地，歐帝斯撫摸艾黛兒的臉頰，雙唇湊近她的眼眸。

這是艾黛兒有生以來第一次戀愛。

在他強壯的懷中沉睡，像這樣稀鬆平常的接觸，一起用餐……他給予的一切都讓艾黛兒感到無比愛戀。

艾黛兒害怕定義這份情緒，但對歐帝斯的心意，一日比一日更加強烈。

歐帝斯再次堵住艾黛兒的唇，在旁守護兩人嬉鬧般互動的，只有群生的盧維拉。再這樣下去，會拿一早起就在體內逐漸沸騰的熱度不知如何是好。

「那、那個……那邊的盧維拉似乎也到最佳品味的時期了。」

艾黛兒倏然離開歐帝斯身邊，她的臉頰十分熱燙，想努力冷卻這個熱度。

「說的也是。」

歐帝斯小心不讓艾黛兒發現地輕嘆一口氣，彷彿要將累積在身體內的熱度吐出來。

「稍微帶一點回去吧。」

「好。」

回復原本狀態的兩人一起開心摘採盧維拉，歐帝斯偶爾也會餵艾黛兒吃。

「差不多該回去了。」

「好期待早餐呢，山羊奶和雞蛋都很新鮮，非常好吃。」

「那真是太好了，我明天會獵來特別大的獵物，妳就拭目以待吧。」

「好的。」

烈則庫涅宮殿附近有牧場，每天會送來新鮮的食材。特別是乳製品極品美味，其中艾黛兒最喜歡的是優格。

說起明天要狩獵，艾黛兒突然想到。

那天歐帕拉等人第一次陪琳蝶練劍時，路貝盧姆非常想參加明天的狩獵，但遭到宓爾特亞反對，而歐帝斯也明顯對宓爾特亞很客氣。

艾黛兒偷偷抬頭看著走在身邊的歐帝斯，另一件讓她掛心的事，就是歐帝斯和雙胞胎之間的關係感覺稍顯拘謹。

艾黛兒很明白「兄弟姊妹無條件地感情和睦」只是理想論，艾黛兒就是在一半血緣相通的兄姊欺凌下長大。

但雙胞胎雖然和歐帝斯有點年齡差距，也是同父同母的兄弟妹，那樣外人般的客氣態度是正常的嗎？

而且，宓爾特亞一直稱呼自己的親生兒子為「陛下」。

「怎麼了嗎？」

「沒、沒有……」

艾黛兒瞬間把視線移往前方。

歐帝斯給了艾黛兒許多溫柔，如果他能體貼政治聯姻的對象，肯定對家人也有感情，所以艾黛兒很迷惘，自己可以開口詢問梗在他們母子之間的是什麼嗎？

「妳最近是不是有什麼煩惱？」

「沒有這回事……」

艾黛兒不知可以深問到什麼程度，不知該如何回答。

「陛下，貴安。」

就在此時，一個豔麗的聲音闖入兩人之間。

前方有位年輕女性手拿陽傘走過來，是梅歐希卡，她也來到烈則庫涅宮殿。一部分黑髮用緞帶束起，剩下的自然垂放在後背。和艾黛兒的輕鬆打扮不同，她身穿大大坦露前胸的衣服。

「列西烏斯小姐也來散步嗎？」

歐帝斯立刻擺出國王的表情。

「我聽聞陛下晨起後外出散步，心想務必想與陛下同行。烈則庫涅宮殿周邊相當悠閒舒適，希望陛下能領我參觀。」

梅歐希卡毫不畏懼歐帝斯散發出的威嚴，露出嫣然微笑，身為大貴族的女兒，她從小在毫無匱乏的環境中長大，舉止大方到甚至令人認為她才是王后。

梅歐希卡瞧也不瞧一眼歐帝斯身邊的艾黛兒，艾黛兒幾乎要退縮了，但還是鼓舞自己，她想成為最適合站在他身邊的人。

「很不湊巧，我們散完步了。」

「那麼請讓我同行回離宮，王后殿下，可以吧。」

直到此時，梅歐希卡才第一次看艾黛兒。

「好、好的。」

艾黛兒順著梅歐希卡的話答應了，結果三人並行，一同回離宮。

「我認為我可以成為王后殿下很好的聊天對象，王后殿下來到這個國家的時間還不長，我可以陪妳騎馬或是喝下午茶。」

梅歐希卡仍只注視著歐帝斯，她自告奮勇要當艾黛兒的聊天對象，一眼可看出她傾心於歐帝斯。

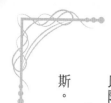

即使沒有前幾天在舞會上的對話也能明白，她的表情與聲音如實表明這一切。

「我當然也會誠心誠意地侍奉陛下，我可是列西烏斯家的女兒，父親與陛下之間可以締結良好的關係，我也會非常開心。」

「我可不記得我和列西烏斯卿有不合。」

歐帝斯的聲音增添了些許強硬。

梅歐希卡加深笑意。

「但是……父親感到十分憂慮，他擔心陛下的心全被澤斯的公主奪走了。消除臣子的憂慮也是陛下的工作。」

「我們的婚姻關係到國家間的和平，我重視妻子是理所當然的。」

「……我踰矩了，陛下。」

歐帝斯說出嚴厲的話之後，梅歐希卡平靜致歉。那之後講起無關緊要的話題，離宮周邊的景色、食物以及明天狩獵的事情，用許多話試圖引起歐帝斯的興趣。

另一方面，艾黛兒根本沒有這份從容。

有人不喜歡歐帝斯溫柔對待艾黛兒，這件事狠狠刺上她的心頭。

隔天也是天氣晴朗的日子。

男人們跨上自豪的愛馬，朝森林奔馳而去。

艾黛兒和其他貴族婦人一起目送男人們，歐帝斯也是一早起便按捺不住，隨隨便便吃完早餐就跑去找自己的愛馬。從四處女人們的對話中，可以察覺其他參加者都差不多一個樣。

目送男人們離開後，大家移動到設置於離宮前庭的帳篷下舉辦茶會。

「今年會是誰獵到最大的獵物呢？」、「去年獵到一頭很大的鹿對吧。」、「陛下看起來卯足了幹勁呢。」……等等聲音乘著風傳進艾黛兒耳中。

宓爾特亞現身，琳蝶和路貝盧姆也在她身邊。

「這樣說來，沒看見路貝盧姆殿下參加狩獵耶。」、「陛下不是十歲就參加了嗎？」、「王太后殿下有些許過度保護了。」

留在此處認出路貝盧姆的婦人們竊竊私語著。

大概發現艾黛兒注視著這邊的視線吧，路貝盧姆和艾黛兒對上眼，他微微揚起嘴角，那是個彷彿強裝出來的微笑。

艾黛兒回想起剛剛參加狩獵的人，也有重臣帶著自己的兒子參加，其中也有看起來十五歲上下的少年。

「王后殿下，這邊會晒到太陽，我們要不要移過去那邊？」

「啊，好的，說的也是呢，威奧斯大人，非常感謝你的貼心。」

就在艾黛兒呆呆站著時，留下來駐守的威奧斯出聲問她。

不知何時，人們已經各自形成小圈圈，往帳篷或離宮的沙龍移動了。

艾黛兒順從跟著回到離宮內，面對外側的大玻璃門敞開，開放感十足。才一落座，尤莉葉立刻端來冰涼的飲品，這是用水稀釋盧維拉糖漿的飲料。

「威奧斯大人不參加狩獵嗎？」

「我從小就很不擅長這些事情，常常被格律取笑，所以近幾年幾乎都負責留下來駐守。」

威奧斯似乎要陪艾黛兒聊天，也在她附近坐下。

「你們的感情真好呢。」

「就是所謂的孽緣啦，我的父親擔任宰相一職，所以自然也和陛下較為親近。」

「陛下小時候是怎樣的小孩呢？」

「和現在相同強大，身為王太子，陛下接受了非常嚴苛的教育，每天都很努力念書與練劍。」

威奧斯稍微瞇起眼睛，或許回想起過往記憶了吧。

對艾黛兒來說，從初識那時起，歐帝斯便是有那身強健身軀的他。即使試著想像幼年的他，也沒有絲毫頭緒。

「是個努力的人呢。」

「是啊，因為前任陛下的旨意，陛下從小遠離宓爾特亞王太后殿下身邊，接受嚴苛的教育。」

「遠離王太后殿下？」

「是的。」

威奧斯輕輕低下頭。

歐帝斯從小身為王太子備受期待，所以遠離母親的教育而長大，因此母子之間才會有一道看不見的牆嗎？

艾黛兒忘了威奧斯的存在，陷入沉默。

「王后殿下近來可好？有什麼讓您掛心的事情嗎？」

「咦……？」

威奧斯的提問拉回艾黛兒的意識，他的聲音很平靜，彷彿寧靜無波的湖水。

「婚後數個月，在習慣這邊的生活的同時，應該也是出現隔靴搔癢般不知如何是好的時期吧。」

「那、那個，請問是不是陛下說了些什麼？」

「沒有，單純是因為如果沒有這樣的機會，我應該無法好好與王后殿下說說話。」

「這樣說也是。」

「因為平常歐帝斯大人完全獨占著艾黛兒大人啊。」

威奧斯臉上露出笑意，稱呼從陛下改成名諱，大概表示接下來將以單純歐帝斯朋友的身分與艾黛兒說話。艾黛兒偷偷看了周遭，大家都各自聊得很開心。

大概因為這樣，艾黛兒決定問出她一直很在意的問題。

「路貝盧姆殿下不參與狩獵嗎？」

威奧斯睜大雙眼，彷彿表示沒想到話題會往這個方向發展。

「歐帝斯大人認為還太早。」

「這樣……啊。」

「請問您掛心著什麼嗎？」

「我到這個國家的時間還不長，所以說出口的話可能欠缺思慮。因為路貝盧姆殿下非常想要參加狩獵，我認為這應該是很難得的機會。」

「歐帝斯大人十歲時因前任陛下的意思參加夏季狩獵，順帶一提我也是當年第一次參加……那真是苦了我了呢。」

混在眾多成人中騎馬，還得拉弓瞄準獵物。威奧斯邊苦笑邊說起當時的回憶，他說他被森林看守者的哨音和狗叫聲嚇一大跳，連馬也受到他影響，是受盡苦難的一天。

「所以歐帝斯大人也考量了路貝盧姆殿下的狀況，認為今年還太早。」
從十歲就被帶去參加狩獵這點來看，可見先王對歐帝斯有高度期待。作為他的心腹一起培養的威奧斯和格律，也陪著他在同一年第一次參加狩獵。
「路貝盧姆殿下確實表現出想參加狩獵的意願，歐帝斯大人也相當清楚這一點。」
「我真是說出了很羞愧的話。」
「沒有這回事，把疑問說出口而不留在心中，聽取各式各樣的意見也很重要。王后的立場有和許多人接觸的機會，有多少人就有多少想法，所以與許多人對話相當重要。」
威奧斯的話直擊心胸，有多少人就有多少意見，每個人都有自己的想法，而理解這點相當重要。
艾黛兒對昨天的自己感到羞愧，列西烏斯卿有他的想法，所以才想將女兒送到歐帝斯身邊。如果只是因此感到受傷，就沒辦法站在他身邊。
今後肯定會遇到更多打擊心靈的事情，艾黛兒想變得更加堅強。
「威奧斯大人，今後還請你教導我各方面的事情。」
「艾黛兒大人，這是當然。」
艾黛兒溫柔微笑。

那天，以歐帝斯為首的男人們帶回許多獵物。

獵得最大獵物的人是歐帝斯，來到離宮前迎接的女人們則誇獎著男人們。

第二名是阿圖爾派來參加的男人，他也有一流的狩獵技巧，婦人們異口同聲地表示真不愧是阿圖爾殿下的心腹。

艾黛兒以王后身分走到歐帝斯面前屈膝，當她誇獎丈夫的勇猛後，他露出喜不自勝的笑容。

當晚舉辦了盛大的宴會，狩獵的成果擺滿大餐桌。

人們開心享用著肉類料理，和盧維拉果實製作的醬汁簡直絕配，而在那之後，男人們到了大半夜仍無法平息興奮地舉杯飲酒。

狩獵隔天，因為才剛舉辦完大型宴會，離宮整體飄散著些許懶散氣氛。

因為宓爾特亞邀她喝茶，艾黛兒準時前往拜訪。歐帝斯昨晚和男人們喝酒喝到三更半夜，所以艾黛兒先行就寢。想必宓爾特亞也是在正常的時段就寢吧，沒看見她眼下有黑眼圈之類的。

「雖說是夏季休假，人這麼多也沒辦法好好休息。」

宓爾特亞準備了加入薄荷的茶，外面很不湊巧是陰天，但茶的味道清爽，讓心情也清涼起來。

「不會，很熱鬧很開心呢。」

這是艾黛兒第一次享受休假，雖然也有感到辛苦的地方，但也可說相當充實。

艾黛兒提起昨天狩獵的話題。

「歐帝斯大人在昨天的狩獵中，獵到了非常大的野鹿呢。」

「……是啊，陛下他……從以前就很擅長運動，丈夫也對他抱以深重期待。」

「威奧斯大人也這麼說，聽他說歐帝斯大人從小就很努力練習劍術。」

「是啊，陛下背負著眾人的期待，成為一個出色的國王了。」

宓爾特亞在那之後沉默不語。

她談論兒子的語氣果然還是令人感到哪裡生疏，或許別再繼續提到歐帝斯的話題會比較好。

雖然想解決兩人之間的疙瘩，但這種想法也許是多管閒事。

「我也是……政治聯姻。」

「咦……？」

宓爾特亞突如其來的告白，讓艾黛兒不停眨眼。

「當時我的母國和奧斯特洛姆之間的關係有點緊張。我和妳一樣，是為了緩解兩國的緊張氣氛才嫁過來的。」

為什麼現在要提起這個話題呢？艾黛兒靜靜注視著眼前的婆婆，宓爾特亞頂著沒有情緒的表情，繼續說：

「在我要嫁來奧斯特洛姆時，我母親對我說：『今後，妳要誠心誠意地侍奉奧斯特洛姆人的丈夫而不是母國，作為奧斯特洛姆人活下去。』我的父親和重臣們都不知母親對我說這段話。我把母親這段話放在心中，絕對不對母國有所偏袒。」

這是因為政治聯姻出嫁的女人，被迫處於故鄉與夫家間的困難立場上。

如果以故鄉利益為優先，就會遭致自國臣子的反彈。這除了引起臣子對自己的不信任，也會影響到自己的孩子。宓爾特亞的母親交代即將出嫁的女兒，接下來的生活要考慮出嫁後生下的孩子的未來。

「但是，結果我還是沒辦法親自養育我的第一個孩子，丈夫和當時的重臣們很不願意，這也無可奈何。」

宓爾特亞繼續說著，在她的家鄉，慣例上王后也會參與王太子的教育，但她的寶寶卻被搶走了。歐帝斯是由丈夫和婆婆挑選的奶媽與教育負責人教養長大。

「我和陛下相處的時間非常短暫，總是有人隨侍在側，幾乎沒有親子之間的時光。」

這聽起來像是她在自言自語，孤單的語氣揪痛艾黛兒的心。

宓爾特亞並非不愛歐帝斯，只是她不知道該如何縮短非本意拉開的距離。

「而且……」

「咦……？」

宓爾特亞還想繼續說什麼，但立刻閉上嘴，她抿緊雙唇看向庭院。她不是在觀賞植物，艾黛兒感覺她注視著更遙遠，並非現在此刻的某處。

「不小心……讓妳聽了一些無趣的事情了。」

「才沒有這回事，不管是什麼話題都很好，我想要多聽聽大家說話。」

艾黛兒想知道更多事情，她想了解對她十分和善的大家，想幫上大家的忙。

「謝謝妳，我也……想聽妳說說話，說說現在的陛下。我想聽妳談談我不知道的陛下。」

「如果不介意由我來說，請讓我多說說。」

「謝謝妳。」

宓爾特亞臉上露出笑容，這幕令艾黛兒胸口發熱。

杯中茶水不知在何時已經轉涼，王后專屬的侍女替艾黛兒和宓爾特亞換上新的茶水，在畫上花卉圖樣的陶瓷杯中倒入新的溫茶。

白煙裊裊上升，與方才不同的香氣搔動鼻腔。

艾黛兒毫不猶豫地喝了一口杯中茶水。

接著過了一會兒。

艾黛兒當場失去意識。

二

艾黛兒被下了毒。

歐帝斯接到消息後立刻趕往艾黛兒身邊。

兇手在她和王太后宓爾特亞的茶會上行兇。

躺在床上的艾黛兒蒼白的臉上冒著大滴汗水，失去意識的她只是反覆著微弱的呼吸，這幅模樣對歐帝斯造成了嚴重的打擊。

看著眼前痛苦呼吸的妻子，歐帝斯無法原諒令她遭受如此痛苦的兇手，心情受憤怒控制。這到底是誰下的毒手，無法原諒。

「艾黛兒……」

歐帝斯怒不可抑地從侍女手中搶過方巾，擦拭艾黛兒額上的汗珠，她緊閉雙眼，如水晶般的美麗紫瞳也無法睜開看著歐帝斯。

歐帝斯陪伴在艾黛兒身邊一陣子，現在自己能做的不多，頂多只能陪在她身邊替她擦汗，或是餵她喝水。

侍從長委婉地請歐帝斯離開房間，一走進心腹們等待的房間裡，歐帝斯立刻重捶牆壁。

「為什麼會發生這種事情！」

無法控制情緒地大聲怒吼，威奧斯立刻小聲喊「陛下」加以安撫，因為此處還有御醫以及近衛騎士在場。

從小到大，威奧斯面對這種時候也不會失去冷靜。

「現在已將與茶會有關的所有人暫時關押起來了。」

威奧斯說完後，御醫接著開口：

「在王后殿下昏倒的同時，騎士立刻反應過來，讓王后將胃中的東西吐出來。帕迪恩斯女騎士團受過中毒處置的訓練，初期的處置迅速立了大功。」

「艾黛兒有救嗎？」

御醫表情沉痛地低下頭。

「兇手用了劇毒，已經立刻讓王后殿下喝下解毒藥水，剩下只能靠王后殿下的體力了。」

結果歐帝斯還是只能向上天祈禱。

艾黛兒中毒倒下後，女騎士們非常迅速地將她抱起，讓她把胃中的東西全部吐出來，毫不遲疑地把手指伸進艾黛兒口中，餵她喝水後再把手指伸進去……之後，騎士還判斷出毒藥種類，餵艾黛兒喝下她們隨身攜帶的解毒藥水。

「別擔心，王后殿下最近食量變大，體力也變好許多了。」

聽到威奧斯的鼓勵，歐帝斯只能不自在地點頭。

與剛嫁過來那時相比，艾黛兒的身體變得健康許多，食量增加，臉頰也圓潤起來，血色也變好了。歐帝斯也說服著自己一切都會沒事的。

「關於兇手有頭緒了嗎？」

「現正搜查中。」

「巴涅特夫人早已遣返澤斯了，難不成有繼承她意志的人還留在這裡？」

「那可能性很小。」

想危害艾黛兒的人，首先會想到前陣子逐出奧斯特洛姆、遣返回澤斯的巴涅特夫人。在兩國決定好她的處置之後，她已經離開奧斯特洛姆，現在差不多該抵達澤斯了。

因為要把人交還澤斯，奧斯特洛姆這裡也增加了許多條件，但令人意外的是澤斯全部同意。特別是關於洛斯河的治水權，原本以為會有一番爭執的，但澤斯的書信上寫明全面遵照奧斯特洛姆的提議。

「……這個嘛，那女人一直關在大牢裡，如果想對艾黛兒下手，應該會在更早之前下手了。」

也無法想像巴涅特夫人能在短時間內，拉攏宜普斯尼卡城的人幫她。

「……既然如此。」

歐帝斯腦海中又浮現另一個可能人物。

「陛下，那個可能性微乎其微。」

「但是……」

門外傳來短促的敲門聲，格律與大家會合後開口：

「王太后殿下主動幽禁自己了。」

「怎麼一回事？」

「王太后殿下對這次的事情感到十分痛心，並在搜查兇手時，表明一切遵從歐帝斯大人的意思。」

歐帝斯聽到格律的報告後，有種自己的心思全被看透的感覺。

在他思考「如果不是巴涅特夫人指使，那還會有誰」時，眾多可能性之中，歐帝斯也想起了親生母親。

「陛下，宓爾特亞王太后殿下不可能會想傷害艾黛兒大人。」

威奧斯委婉地加上這一句。

歐帝斯對自己的膚淺嘆了一口長長的氣。

「首先，我先去查清背後的關係。」

問話及蒐集消息是格律的專長，歐帝斯目送他離去。

艾黛兒中毒倒下後，引起烈則庫涅宮殿內一陣騷動。

負責搜查的人員是歐帝斯的心腹以及近衛騎士隊底下的祕密偵查小隊，重新澈底調查在離宮工作的所有僕人們的身分。

◆

艾黛兒清醒時，陌生的床幔率先映入眼簾。當她思考這是哪裡時，才想到這裡是烈則庫涅宮殿的寢室。

（我記得……我應該……喝了茶……）

在艾黛兒呆呆地回想著失去意識前的事情時，聽見周遭騷動起來。御醫接著立刻造訪，替艾黛兒診療並說明狀況。

也因此，艾黛兒得知自己被人下毒，自昨天下午倒下後已昏迷了整整一天；昨晚發高燒呻吟，現在已經恢復正常體溫。

（多虧有歐帕拉她們，晚一點得好好道謝才行。）

據御醫所說，多虧她們處置迅速，才沒有造成太大傷害。

歐帝斯立刻接到艾黛兒甦醒的消息。

艾黛兒慢慢喝著水時，房門伴隨著略大的聲響被打開，急急忙忙跑進房裡的人就是歐帝斯。

「艾黛兒，妳醒了啊。」

「……陛下。」

歐帝斯來到艾黛兒身邊跪下，彷彿像要確認她還活著一般，雙手捧住她的臉頰。艾黛兒十分熟悉他手掌上長期持劍所磨出來的堅硬觸感，情不自禁地把臉頰靠在他溫暖的手上。

但這也僅僅一瞬，下一個瞬間，艾黛兒就被拉進歐帝斯的懷中。

「太好了，妳醒來了。」

歐帝斯用力擠出來的聲音狠狠震撼艾黛兒的心，他的掌心不停撫摸艾黛兒的背。

「不好意思，讓您擔心了。」

「妳不需要為此道歉，這全是使用卑劣手段的兇手的錯。」

「……抓到人了嗎？」

「現在正在偵訊中。」

「……這樣……啊。」

「我還以為心臟要停了。」

「什麼……」

艾黛兒就在被他緊擁懷中的狀態中，聽取他說出的每一句話。
「一想到可能失去心愛的妳，我就覺得我幾乎要發瘋了。」
歐帝斯一度放開艾黛兒，窺探她的表情，望向她的眼睛，接著順勢執起她的手，在她的手背印下一吻。
（歐帝斯大人，剛剛是不是說了對我……！）
艾黛兒明顯對他說出的「心愛」一詞產生反應，臉頰瞬間發熱，連耳根都紅透了。
她僵硬地微微張闔嘴巴，歐帝斯發現她的反應後，再度和艾黛兒面對面。
「妳的臉好紅，而且感覺有點燙……又發燒了嗎？」
「不、不是。」
艾黛兒還稍微有點岔了聲音。
「但妳的臉好紅，為了慎重起見，吃個藥比較好。」
艾黛兒反射性地搖搖頭，臉很燙、很紅，還有舉止怪異的原因她都很清楚，那是因為自己被他說出口的話搞得暈頭轉向。
「不是，我會臉紅是……因為……陛下……說的話……」
艾黛兒因為四唇就快貼上的極近距離而喘息，女官還隨侍在房中，還要她說什麼啊……
「我說的話？」

另一方面，歐帝斯彷彿毫無頭緒一般，單眉靈巧地挑高。

（因為他那樣子說話啊。）

歐帝斯毫不花俏地直說出「心愛」等等的，要艾黛兒說明自己是聽到這句話太開心而臉紅，也太令人害臊了。

當艾黛兒沉默以對時，楊尼希克夫人看不下去地插嘴說：

「陛下，請恕我失禮，王后殿下是聽到陛下愛的告白之後，害羞了。」

艾黛兒十分感謝女官長切中要點的解釋。但一想到有第三者見聞了兩人的對話，就讓她實在很想逃走。

另一方面，歐帝斯聽到女官長幫忙解釋後，十分意外地看著懷中的艾黛兒。

艾黛兒仍然低著頭紅著一張臉，想著在這麼近的距離，自己的心意是不是全被看透了呢……熱度全聚集到臉上。

「這樣說起來，我很少對妳表達自己的心意。」

歐帝斯溫柔撫摸艾黛兒的臉。

「我愛妳，艾黛兒。雖然是政治聯姻，但我真心認為，妳能成為我的王后真是太好了。」

「歐帝斯大人。」

艾黛兒在這聲音引導下抬起頭，彼此的視線交錯。

「光想像會失去妳，就讓我的心臟像要被火燒碎裂了，幸好妳能醒過來。」

倒映在他眼中，聽見依戀對象說愛，會讓人忘了呼吸。而從喜歡的人身上得到相同回報，艾黛兒感到這份幸福感充斥著全身。

「艾黛兒。」

聽見他憐愛地呼喊自己的名字，緊緊揪住了自己的心，歐帝斯的臉緩緩靠近。好想就這樣把全部的自己交在他手中，就在如此思考時，艾黛兒突然想到重要的事情。

「那、那個，王太后殿下現在怎麼樣了？」

歐帝斯瞬間停止動作。

艾黛兒是在和宓爾特亞的茶會中倒下，在場的所有人大概都被當作嫌疑犯。

「王太后現在把自己幽禁起來。」

「幽禁……」

「這是表明她沒有絲毫殺害妳的意思，以及全權委託身為國王的我之意……服侍王太后的下級侍女坦承是她對妳下毒。」

「我實在不敢相信！」

艾黛兒驚聲大叫，身體一瞬間暈眩搖晃。她的身體尚未恢復健康，在短時間內發生太多事情，已超出她能接納的範圍了。

「陛下，王太后殿下是無辜的。」

艾黛兒拚命說著。

「這不是妳能決定的，威奧斯他們現在正在調查。」

歐帝斯的語氣帶著些微不願聽她意見的感覺。

「陛下……歐帝斯大人。」

「妳現在先好好靜養。」

歐帝斯讓艾黛兒躺在床上。

艾黛兒以視線向他控訴，直直盯著他的眼睛看。另一方面，歐帝斯則完全褪去方才寵溺的態度，展現出身為國王的表情。

（不對，宓爾特亞大人不可能會傷害我，因為她對我說了很多話。她的表情顯示了她很替歐帝斯大人著想，歐帝斯大人對她很重要啊！）

艾黛兒和宓爾特亞交流的次數還不多，但宓爾特亞總給人一種很寂寞的感覺。

她對同樣因為政治聯姻嫁過來的艾黛兒坦承自己的過去，還給了自己建言。

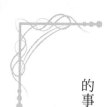

不只如此，宓爾特亞很關心和自己相同立場的艾黛兒，當她說起沒辦法讓孩子待在自己身邊的事情時，眼中浮現出落寞。

露出這種表情的女性，不可能會傷害兒子的妻子。

「我晚一點再來看妳，妳現在好好休養。」

歐帝斯說完後就離開房間。

隔天，身體輕盈了許多，艾黛兒輕輕鬆鬆吃完早餐的牛奶粥。

（我想要……更了解歐帝斯大人。）

自從她醒過來之後一直待在床上，所以有非常多思考的時間。

夏季休假有點心浮氣燥的氛圍完全消失，歐帝斯正和心腹們一起釐清王后毒殺計畫背後的關係圖。

艾黛兒找來楊尼希克夫人。

「您是指雷尼克大人嗎？」

「是的，我想和威奧斯大人會面。我很清楚他十分忙碌，但只需要一點點時間就好，麻煩妳代為傳話，請他抽出一點時間給我好嗎？」

一開始聽到艾黛兒提出要求時，楊尼希克夫人雖然有點困惑地遲了好幾秒才回應，但立刻迅速動起來。當然，她也沒忘了因為艾黛兒才剛醒來，再三強調會面時間不能太長。

沒有事前約定、不知能否聯繫到忙碌的威奧斯，讓艾黛兒感到不安，但得到他的隨從送回的滿意答覆，讓艾黛兒暫時鬆了一口氣。

這是艾黛兒第一次想更深入了解一個人，也因為對象是歐帝斯，才讓她有這種想法。這是很大的變化，正因為對方很重要，才想要更進一步深入。

但要問歐帝斯關於他和宓爾特亞之間那看不見的高牆一事，也令艾黛兒非常不安，畢竟每個人都有不希望他人深究的部分。

艾黛兒不認為宓爾特亞會對自己下毒，也不希望歐帝斯懷疑自己的母親。但歐帝斯用客觀的迂迴說法，委婉推辭了艾黛兒的主張。

艾黛兒明白他是溫柔的青年，所以相信他和宓爾特亞之間的關係，必定會因為一些因素而產生改變。

在離寢室稍遠的小房間裡，艾黛兒和威奧斯會面。

「艾黛兒大人，要是太勉強自己，可是會讓歐帝斯大人擔心的喔。」

在約定時間現身的威奧斯，開口第一句就先關心艾黛兒的身體。

「大家太誇張了，我現在很健康的。」

艾黛兒堅強地微笑著，但實際上，她的臉色比平常蒼白上幾分。

兩人面對面坐下，時至此時，艾黛兒才終於感到緊張。這也是情有可原，因為她可是瞞著歐帝斯，詢問心腹關於他的過去啊。

「非常感謝你在百忙之中抽空給我，我今天想問的是……那個，關於陛下的過去……」

艾黛兒越說越小聲，到最後幾乎聽不見。

「歐帝斯大人的過去是指？」

「我感覺陛下與王太后殿下之間……像是有一道看不見的牆，感覺他們兩人對彼此有點生疏。」

艾黛兒握緊放在腿上的雙手，正面注視著威奧斯。

「看在艾黛兒大人眼裡，狀況嚴重到足以令您掛心嗎？」

威奧斯看著艾黛兒的視線相當平靜，這看不出情緒的視線讓艾黛兒不禁嚥了嚥口水。

「……是的，我很想知道他們之間是否曾發生過什麼事情。然後就是，我這樣踏入陛下的心，是否會造成困擾呢？」

「請問是造成誰的困擾呢？」

「……陛下。」

艾黛兒很害怕，就算是丈夫，真的可以這樣無禮地揭開他人的內心嗎？她害怕最後會惹歐帝斯討厭，歐帝斯很可能說著「這跟妳無關」而推開她。艾黛兒很想了解心愛之人的心情，但戀愛使人變得膽小。

「艾黛兒大人想詢問歐帝斯大人的過去，但又擔心這樣做會不會招致他討厭。我的理解有錯誤嗎？」

「……沒錯。」

聽他簡單統整後，感覺自己怎麼這麼膽小的艾黛兒很不自在。大概對開始坐立難安的艾黛兒的態度有所感觸吧，威奧斯說了一句「您很喜歡歐帝斯大人呢。」他的聲音意外地柔軟。

「是的，那個……我十分愛慕陛下。」

大概因為如此，輕而易舉就把心裡深處的話說出口，她甚至還沒辦法對歐帝斯說出口呢。

就在此時，有人毫不客氣地推開門。

「陛下……」

闖入房間的人是歐帝斯，轉頭看向房門方向的艾黛兒睜大眼睛。

他直直地朝艾黛兒前進，彎下身軀探看她的臉。

「妳身體還沒完全恢復，威奧斯，艾黛兒才剛康復，雖然時間不長……你要找她，明天再找也不遲吧？」

「不是這樣，要求和威奧斯大人會面的人是我。」

「妳？」

歐帝斯語氣有點驚訝，輪流看著兩人的臉。

「艾黛兒大人感覺歐帝斯大人與王太后殿下之間有些疙瘩。她很想知道心愛夫君的心思但又害怕被討厭，所以相當煩惱。」

威奧斯泰然自若地直接曝光艾黛兒的心思。
艾黛兒嚇得張大嘴，突然神色慌張起來。
「威奧斯大人……那、那是……」
「怎麼了嗎？」
「沒、沒有……」
他似乎無法理解艾黛兒為什麼會突然慌張起來，一臉不可思議地回看她，這讓艾黛兒不知該如何回話。
「妳就因為這種事情找威奧斯見面啊。」
「非常抱歉，我自知我踰矩了。」
在艾黛兒身邊坐下的歐帝斯，聲音比平時更加僵硬。
「不，妳不需要道歉……」
說完後，歐帝斯完全沉默。
艾黛兒心想，自己終於惹歐帝斯不高興了，背脊因而發涼。
「如果您打算和艾黛兒大人牽手過一生，那就應該好好把話說清楚，關於您和王太后殿下之間發生什麼事情，以及您有什麼想法。」
「……我明白。」

大概想伸出援手，威奧斯冷靜地插嘴，歐帝斯簡短回應後又再度沉默。

威奧斯露出無奈表情後，彷彿想改變房內的氣氛，發出帶有緊張感的聲音：

「我也有事情要報告。」

「查出來了嗎？」

「關於坦承對艾黛兒大人下毒、王太后殿下的下級侍女，這件事有所進展了。」

「聽說她在艾黛兒中毒倒下之後，行為舉止十分怪異對吧？我聽說她是在場遭拘禁的人之中，最為心神不寧的一個。」

談論此事似乎會花上一段時間，歐帝斯悄聲對艾黛兒說「靠在我身上吧。」後，手環抱住她的背。

在威奧斯面前如此讓艾黛兒有點猶豫，但在將近傍晚的現在，她已經感到些許疲憊，便順著歐帝斯了。

「逼問那位下級侍女後她開始哭哭啼啼的，根本問不出個所以然來。她陳述的內容也抓不到重點，於是派人迅速回宜普斯尼卡城調查她的背景。」

在女官指示下更換茶葉種類時，那位下級侍女只在艾黛兒使用的杯子上事先塗抹了毒藥。

回宜普斯尼卡城的人，花了一天，澈底清查了該女成為宓爾特亞侍女的過程，以及家庭成員與交友關係。

結果，浮上檯面的是一位令人意外的人物。

「現在，我父親已經為了要逮捕列西烏斯卿而行動了。」

「你說什麼？」

歐帝斯睜大眼。

艾黛兒也嚇得倒抽一口氣。

「艾黛兒中毒倒下之後，看見歐帝斯大人神色慌張的樣子，列西烏斯卿對身邊的人說：『不過是那點小事，陛下會不會過度慌張了啊？』他也來找我諫言，認為陛下對王后殿下的身體狀況反應過度。聽他的語氣，彷彿一開始就知道用的毒藥不是什麼大不了的東西。」

「不是什麼大不了的東西！？要是沒處理好，艾黛兒很可能已經死了！」

房內氣氛因歐帝斯充滿怒氣的聲音而充滿緊張感。

「是的，當然如此。如果沒有帕迪恩斯女騎士團的處置，艾黛兒大人很可能到現在都尚未甦醒。」

威奧斯冷靜的聲音，讓艾黛兒重新認知自己曾處於相當危急的狀況。

「但列西烏斯卿相反，在大家因為艾黛兒大人病況嚴重而深感憂慮時，只有他一個人認為艾黛兒大人的病況並不嚴重。那位侍女也發抖著表示，她不知道是毒性那麼強的毒藥，只聽說僅僅會讓身體稍微不適而已。」

「你想表達什麼？」

「事情或許沒有我們想得那麼單純。」

威奧斯繼續表示，實際下毒的侍女是列西烏斯卿的遠親，因為欠他人情而被利用。根據調查人員帶回來的消息指出，有好幾個人曾目擊列西烏斯卿的隨從和侍女私下說話的場面。

「事情很單純吧？列西烏斯卿意圖要讓他女兒來我身邊服侍。」

「這件事眾所皆知，動機應該就是如此。但在還沒查明之前，都只能算是臆測。」

威奧斯說，他接下來要參與列西烏斯卿的偵訊。

由於事態有所進展，無法繼續悠閒地和歐帝斯慢慢聊天，他接下來會相當忙碌。

「艾黛兒大人，不好意思，今天請恕我先行告退。我也會多鼓勵歐帝斯大人，如果他接下來什麼也沒說明還請告訴我，讓我來對您說明。」

「我會自己好好對艾黛兒說。」

歐帝斯插嘴。

「那還請您務必這樣做。」

「……老實說我不太想提這件事。」

「讓妻子看見自己軟弱的一面，才是真正的夫妻。」

「你自己根本還沒有對象吧！」

「這是我父親說的。」

也就是說，這是出自奧斯特洛姆宰相口中的話。

兩人輕鬆自在的對話，讓艾黛兒在這種時候也感到平靜。

「……不管聽到怎樣的我，妳可以都別討厭我嗎？」

他的聲音和表情不是國王，而是平常的青年。

「這是當然！我才是，竟然有希望得知陛下心思這種不知天高地厚的想法，真的是非常對——」

歐帝斯的手指抵住艾黛兒的唇。

「因為是我，所以妳想要多了解我，我可以這樣妄自揣測嗎？」

艾黛兒點點頭，接著，他的眼睛柔和地彎起來。

「我答應妳，最近會好好跟妳說。」

「謝謝您。」

「妳的臉色還很差，今天就去休息了吧。」

歐帝斯輕而易舉地把艾黛兒抱起來送她回房間，臨走前，也不忘輕柔印上一個吻。

三

夏季休假，就在兵荒馬亂中結束了。

領受王命的家臣在拚命搜查後有了回報，終於搞清楚整個事件的全貌了。

對王后下毒的主嫌是列西烏斯卿，重臣的暴行嚇壞了大家，但同時也表示能夠理解——因為他想讓女兒當上王后，在無法實現後仍試圖讓女兒成為國王愛妾，這是眾所皆知的事實。

坐在歐帝斯身邊，艾黛兒一同聽著威奧斯報告。

「根據實際行兇的侍女表示，列西烏斯卿拿給她的只是單純的瀉藥。」

明明只是下了單純的瀉藥，卻害得王后面臨生死關頭，下藥的侍女驚惶失措地乖乖自白了。

列西烏斯卿的使者交給她的藥，有對她事先說明只是會讓人臥床幾天、毒性不強的藥。被人捏住弱點的侍女雖然有罪惡感，卻不敢加以反抗，即使深受良心苛責，但仍努力說服自己「只是稍微不適沒有關係」後，把藥塗在杯子上。

另一方面，列西烏斯卿的供詞也差不多。

因為歐帝斯對他女兒梅歐希卡完全不感興趣，焦急的他才想讓國王暫時遠離王后。只要王后身體不舒服，短時間內無法行房。國王還年輕，比起身材乾癟的王后，梅歐希卡顯而易見地在身材上有所優勢。他認為只要國王嘗過一次滋味，肯定可以明白女兒的魅力。

列西烏斯卿自述，他就是基於這樣的理由才對艾黛兒下藥。準備的藥也不是猛毒，他反而覺得王后的反應太誇張。

「所以我在得到父親大人的同意後，拿沒收的藥給列西烏斯卿看，對他說：『既然你這麼說，就自己吃下去確認。』」

艾黛兒嚥了嚥口水，威奧斯不表露任何情緒，只是淡淡地陳述事實。他大概也是用這種態度面對列西烏斯卿吧。

大概是無路可退，列西烏斯卿自己吃下威奧斯拿出來的藥，彷彿想要自清「這只是瀉藥，根本沒什麼大不了」。

「結果列西烏斯卿當場倒下，真讓他死了也傷腦筋，所以我的部下也立刻應對，跟帕迪恩斯騎士對艾黛兒大人做出的處置相同，讓他喝下事先準備好的解毒劑。」

列西烏斯卿在宜普斯尼卡城最深處的房間床上醒來時，嚇得眼神不停顫抖。

不是，不是這個藥，這肯定有哪裡搞錯了。不是，不是這個。小人我絕對沒有殺害艾黛兒王后殿下的意圖。他拚命地不斷辯駁。

「我話先說在前面，無法對列西烏斯卿處以極刑。」

威奧斯繼續說：「他大概得終生關禁於貴族用的監牢中了。」

「我……那個……」

差點遭人殺害是事實，即使如此，艾黛兒仍對與自己有關的人物死亡感到恐懼。

「列西烏斯卿是從先王時代起的忠臣，也擁有很大的發言權。因為這次的事件，想削弱他勢力的派系也提出了很強硬的說法……宰相相當謹慎地處理這件事情。」

只有威奧斯冷靜的聲音在室內響起，從剛剛開始，歐帝斯完全沒有插嘴。

「那麼……那個，會怎麼處理呢？」

「列西烏斯卿領地的三分之一由王家接收，並請擔任列西烏斯家家主的他退位。此外，新家主不能由他的兒子承襲，得從一族中選出其他人來繼承。關於他的兩個女兒，則決定外嫁他國。」

「如此一來，列西烏斯卿的勢力會得到削減。若問我是否能好好掌控臣子，我不得不承認我能力還不夠，這也是此次事件的原因之一。列西烏斯卿十分有野心，而且還想要擴大發言權，才希望把女兒推給我。」

此時歐帝斯才第一次開口。他的表情雖然沒有變化，但可感覺他相當不甘心，放在腿上的拳頭一瞬間緊握。

「關於兩位女兒的丈夫人選，包含格律在內的幾人正在選擇。我們認為，與其讓她們進入國家的修道院，倒不如讓她們出國，創造出物理上的距離會更好。」

「這是……什麼意思？」

「梅歐希卡小姐非常喜愛殿下，如果就此送她進修道院，無可避免她會聽見兩位的消息，很可能令她哀嘆自身的境遇，也導致她對兩位產生不必要的怨恨。那倒不如外嫁他國，讓她把心思放在新生活上，也能減少想起故鄉的機會，這是格律提議的。」

近侍們從各種不同角度提出建言，但對梅歐希卡來說，這應該是很嚴厲的處分。

即使理解梅歐希卡的心情，艾黛兒也無法對這次的決定提出意見。她很清楚不能以個人的感情為優先，但她也是個理解愛情的人，心胸產生無法切分清楚的情緒也是事實。

「請問梅歐希卡小姐會去哪裡？」

「大概會送到王太后殿下的母國，她的妹妹送往其他國家。」

如此一來便沒辦法輕易回到奧斯特洛姆來，實質上與流放無異，實在想為她們祈禱，希望她們的丈夫是和善的人。

「報告到此為止。到下一場會面前還有一點時間，歐帝斯大人就和艾黛兒大人在這裡相處一段時間如何呢？」

威奧斯留下這句話後起身。

在房門「啪噹」關上後，房內只剩下兩人。在這個時段能有和歐帝斯獨處的時間，是很罕見的情況，這大概是威奧斯的體貼。

這段時間，歐帝斯全心處理這次的事件，連續好幾天都在艾黛兒睡著後才回寢室。

雖然會一起用早餐，但艾黛兒不想讓表情緊繃的他更心煩，只會說些無關緊要的話題。所以，艾黛兒現在有點緊張。

「那、那個……」

「怎麼了？」

「如果兇手是列西烏斯卿……那我可以去……拜訪宓爾特亞王后殿下了，對吧。」

向丈夫提意見需要很大的勇氣，但這次即使他說不行，艾黛兒也不打算退讓。宓爾特亞是無辜的，這點絕對沒錯。

「……我還沒對妳說明那件事。」

歐帝斯的聲音相當溫柔，他露出彷彿已然認命，有點傷腦筋的表情。那不是國王的表情，而是有點不可靠，年僅二十多歲的青年的表情。

艾黛兒直覺，他要展露真實一面給自己看。

「那不是……太愉快的話題。」

歐帝斯的聲音帶著些許落寞，艾黛兒等他繼續說下去。

「我還有另一個弟弟，名叫耶諾思，小我五歲。打出生身體就很虛弱的弟弟，因為是第二個小孩，所以是由母親養育，母親非常疼愛耶諾思。」

曾經聽說先王夫妻的四個孩子中，耶諾思是因為意外身亡。

他平淡地開始說起往事。

他自己被帶離母親身邊，是由奶媽和教育負責人教養長大的。身為第二王子的弟弟很虛弱，連喝奶的力量也幾乎沒有，所以決定放在宓爾特亞身邊養育。

當時快滿六歲的歐帝斯相當健康，活力十足常常在庭院裡跑來跑去，也助長了他的健壯。

終於可以讓孩子留在自己身邊的宓爾特亞，相當疼愛耶諾斯，全神貫注在照顧耶諾思的程度，幾乎可說過度保護。

「老實說……我有點羨慕耶諾斯，羨慕弟弟總是得到母親關注。」

談論過去的歐帝斯懷念地瞇起眼睛，但偶爾也看見他感到些許痛苦地皺起眉頭。

艾黛兒默默聆聽丈夫的話語。

「只要到了季節轉換時期，耶諾斯就會發燒，但他很有奧斯特洛姆王子的樣子，長大後說著想模仿我學劍術和馬術，母親因此感到相當傷腦筋。但最後得到了父親的許可，因為父親也認為身為奧斯特洛姆的男兒，就該多少鍛鍊點身體。」

大概鍛鍊有了成果，耶諾斯臥病在床的次數逐漸減少。

再怎麼說都長到了十五歲，面對純粹地景仰哥哥、欽羨哥哥劍術的耶諾斯，歐帝斯也不再嫉妒弟弟可以獨占母親。真要說起來，得到耶諾斯參雜敬畏的眼神讓歐帝斯感到驕傲，也很疼愛單純仰慕自己的弟弟。

「母親雖然仍相當過度保護耶諾斯，但我偶爾也會陪他練劍，他總是笑著說希望將來有天可以幫上我的忙。」

歐帝斯一臉懷念地望著虛空。

艾黛兒定睛注視著他，歐帝斯的表情非常柔和，他也很愛護耶諾斯。

「那是在耶諾斯十二歲時發生的事情，他自己提出也想參與夏季狩獵的要求，因為他知道我十歲就參加了。但母親沒有同意，他相當不甘心。」

最終決定權握在國王手上，但或許是考量宓爾特亞的心情，那年最後決定不讓耶諾斯參加。

自己也想和哥哥一樣騎馬參加狩獵、想得到父王的認同，自己不是永遠都這樣病弱，已經滿十二歲了——歐帝斯也能體會耶諾斯的主張，弟弟也差不多到了要以見習騎士身分住宿的年齡了。

所以歐帝斯有了個想法，雖然不能參加狩獵，但如果只是騎馬遠遊，母親大概也不會太堅持。他明白其中有自己想反抗父母的心理，這也是他自主獨立的第一步；另一方面，平常很忙的他，也沒有太多時間可以陪伴耶諾斯。

帶著這樣的心思，歐帝斯邀沮喪的耶諾斯一起騎馬遠遊。雖然想兩人單獨出遊，但身分是王太子和二王子，當然有幾位騎士隨行。

遠遊本身相當愉快，烈則庫涅宮殿周邊是整片悠閒的自然風光，兩人和樂融融地享受騎馬樂趣。

但在那之後，悲劇發生了。

「那天雲層很厚，就在我們出遊途中，天氣突然急遽惡化。雷雲密佈，天色瞬間轉黑。上一秒才開始下起雨來，沒多久立刻轉為豪大雨。然後……」

遠處傳來雷鳴，一行人決定先找地方躲雨。要回烈則庫涅宮殿得花上一點時間，只要能躲過雷雨雲，雨勢應該會變小——他們如此判斷。

但雷聲越變越大，馬匹開始躁動，正當他們想讓慌張的馬匹冷靜下來時，一道特別大的雷聲在他們附近落下。

「耶諾斯的馬被嚇得驚惶失措，他因此落馬，而且撞到不太好的地方，失去了意識；帶他回宮殿後幾小時，他就過世了……這全都是因為我邀他騎馬遠遊。」

「才不是！」

艾黛兒大喊，這不是歐帝斯的錯，只是不幸的意外。

「不，是我的錯。母親……近乎發狂地譴責我，說因為我邀耶諾斯騎馬遠遊才會害他喪命，她抱著弟弟的屍體大聲哭泣。」

歐帝斯肯定是回想起當時的場景，努力忍耐著痛苦說道。

「對母親來說，死的人是我或許比較好。母親真的非常重視耶諾斯……抱歉，我這句話只是單純的嫉妒。」

艾黛兒情不自禁地擁抱歐帝斯，她想陪伴他度過悲傷，想大叫要他別這樣想……淚水不禁潰堤。

「大概到現在，母親也還沒原諒我吧。」

意外發生後，宓爾特亞毫不顧慮外人眼光地究責兒子。最後讓失去耶諾斯的她振作起來的，是仍年幼的琳蝶和路貝盧姆。

「才沒有那回事，王太后殿下努力尋找著和陛下的交集。」

艾黛兒放開歐帝斯的身體，明確告訴他。

說出口的話覆水難收，對歐帝斯而言，宓爾特亞的那個態度是不容懷疑的。但艾黛兒感覺宓爾特亞很後悔，試圖透過艾黛兒尋找和歐帝斯之間的交集。

「所以我……一開始接到妳被人下毒的消息時，曾經懷疑過王太后。」

她有憎恨歐帝斯的理由，歐帝斯如此認為。

歐帝斯對宓爾特亞很愧疚，因為造就耶諾斯死亡悲劇的人是自己，也因此讓他懷疑宓爾特亞將憤怒矛頭指向了艾黛兒。

對遠離母親而被養育長大的歐帝斯而言，母親是遙遠的存在。他和母親見面時，總會有奶媽或照顧者隨侍一旁。宓爾特亞在兒子面前的態度也有點生疏，父親很寵愛兒子，但身為母親，她不知道該如何掌握和兒子之間的距離。

這就是擋在兩人間無形之牆的真面目。

「絕對沒有這種事。」

「妳為什麼能這樣說？」

「宓爾特亞殿下非常關心陛下，非常關心歐帝斯大人。殿下肯定是在尋找能和陛下說話的契機。」

「……」

歐帝斯沉默不語。

「……歐帝斯大人沒有邀約路貝盧姆殿下參加今年的狩獵，是因為……那個……」

十之八九是受到耶諾斯那件事的影響。

路貝盧姆今年十二歲，正好和耶諾斯殞命時是相同年齡，會變得神經質也是情有可原。

艾黛兒認為那是不幸的意外，正因為出乎意料之外才會擾亂宓爾特亞的心緒，將悲傷全發洩在歐帝斯身上，而歐帝斯也一直背負著罪惡感。

「……我很害怕會再發生相同事情。威奧斯也說了，考慮到路貝盧姆的將來，也差不多該讓他參加狩獵，讓他以見習騎士的身分去住宿。」

艾黛兒的手輕輕疊上歐帝斯的拳頭。

「真的是段難堪的往事。」

歐帝斯吐了一口氣，將身體靠在椅背上。

「讓你回想起痛苦的回憶，真的很對不起。」

「……不，我大概也想要說給妳聽，因為是妳，我才能說出口。」

兩人的視線彼此交纏。

艾黛兒想知道他的心思。因為對象是歐帝斯，艾黛兒才想要更加靠近他。

「明天，我可以前去拜訪王太后殿下嗎？」

「好，臣子中也有人知道我和母親之間的矛盾，妳就去拜訪母親吧。」

「歐帝斯大人也……那個，將來有天……」

「……說的也是，如果明天有時間，我也會露個臉。」

歐帝斯露出微笑。

（我可以成為兩人之間的橋梁嗎？）

艾黛兒的腦海浮現如此不知天高地厚的想法，希望他們兩人可以彼此展露笑顏，她期許自己創造出那樣的契機。

「妳好堅強。」

歐帝斯朝艾黛兒伸出手，手指碰觸她銀色的髮絲。

「……沒有，才沒這回事。我……有點害怕。我知道，自己的存在很可能改變其他人的命運。」

艾黛兒在這次事件中理解許多事情，學到許多人的人生會因為她的生存與否而改變，甚至會影響到當事者以外的人。

如果艾黛兒因此喪命，列西烏斯卿也得以命贖罪，而梅歐希卡等人的未來肯定也會大為改變。

「這會讓妳想逃離我身邊嗎？」

「我……我很愛慕歐帝斯大人。我希望……可以就這樣一直陪在您身邊。」

艾黛兒緩緩搖頭道。

她永遠無法習慣這份恐懼吧？

（即使如此……我還是沒辦法離開歐帝斯大人身邊，所以……我必須更有覺悟，背負起因為我的選擇而產生的責任。）

在腦海中化作言語後，這句話彷彿擴散到全身上下。

國王與王后身邊，會有心思迥異的許多人聚集而來。必須變得更加堅強才行，選擇與他共度未來，就是這麼一回事。

艾黛兒決定要站在歐帝斯身邊。

「我是國王，我會負起全部責任。」
「也請讓我幫忙。」
「只要妳在我身邊就是最大的幫忙……我愛妳。」
「我也……很喜歡您，歐帝斯大人。」
丈夫是否聽見她近乎呢喃的輕語了呢？
歐帝斯輕輕抬起艾黛兒的臉，兩人視線近距離交纏，兩張臉慢慢靠近，唇瓣交疊。

隔天，艾黛兒立刻去拜訪宓爾特亞。事先寫信詢問後，馬上收到同意的回應，而且雙胞胎也很期待可以見到艾黛兒。聽到這樣的回應，讓艾黛兒在王城內移動的腳步也輕盈起來。
走著走著，碰到意外的人物。
「這不是王后殿下嗎，貴安。」
「阿圖爾殿下，您好。」
艾黛兒笑著回應時也感到些許驚訝，因為阿圖爾應該忙於領地內的事務才對啊。
「喔喔，見您完全恢復健康了呢。沒有啦，我聽說您被人下毒，嚇得急忙前來探望。」
「非常感謝您的關心。」

「我聽說了呢，因為騎士們迅速應對得宜所以才能恢復，真不愧是帕迪恩斯女騎士團啊。」

阿圖爾視線投向隨侍艾黛兒身後的騎士們，她們規矩地行禮。

「阿圖爾殿下會在王城停留幾天呢？」

「這個嘛……我沒打算待太久，但希望可以起碼一起共進一頓餐。關於我可愛姪子的消息也傳進我耳中了，說你們感情十分和睦呢。哎呀哎呀，身為叔父我真是太開心了。」

「承您吉言，陛下對我相當好。」

艾黛兒害臊地笑著，總覺得令人好害羞。

「這樣看來傳聞是真的呢，他前不久還只是個孩子啊，難怪我也變老了。」

「如果您能抽出時間來，可以告訴我陛下的童年往事嗎？」

「當然可以。」

阿圖爾身材高大且容貌有點令人生畏，但實際聊天後意外地開朗且溫和。而且他的眼睛和歐帝斯十分神似，這點也讓艾黛兒覺得很親切。

「非常感謝您，那近期請務必一聊。」

艾黛兒也比平常更多話。

「叔父大人，還請您別告訴艾黛兒太多會降低我評價的事情啊！」

熟悉的聲音讓艾黛兒轉過頭，只見歐帝斯帶著近衛騎士走過來。

「哎呀，我原本打算要過去拜訪陛下的呢。」

「我收到報告說叔父大人進王城來，不知有什麼要事，我也正好得閒，就來迎接您了。」

「沒有啦，我聽說艾黛兒王后殿下中毒昏倒，所以來探望。」

「您不是前幾天才說這陣子很忙嗎？」

「要是王后殿下出事可不得了，你還沒有繼承人呢。」

「這真的只能聽天由命了，但肯定能讓您接獲好消息的。」

「那還真是令人期待。」

兩個男人你來我往地對話，可見他們感情十分要好。

「艾黛兒，妳不是要去母親那裡嗎？叔父大人就交給我吧。除此之外，請妳幫忙轉達我近期會前去拜訪。」

「好的，陛下。」

「哈哈哈，看來你非常不想讓她知道關於小時候的事啊。」

阿圖爾捧腹大笑。

「那麼，叔父大人，我們走吧。」

艾黛兒向兩人致意之後，離開現場。

宓爾特亞和雙胞胎前來迎接艾黛兒。

規矩地行禮致意之後，一行人移動地點。

「嫂嫂大人，您的身體還好嗎？」

「是的，已經完全恢復了，琳蝶。」

艾黛兒對著擔心抬頭看她的小姑一笑。

「好了，你們先去別的地方玩，我有事情要對王后殿下說。」

「我們也很久沒和嫂嫂大人見面了耶！」

雖然不滿抱怨，但琳蝶兩人還是在女官帶領下離開房間。

室內瞬間變得悄然無聲，艾黛兒在宓爾特亞招呼下，在她對面的位置上坐下。

女官們開始準備茶水，宓爾特亞當著艾黛兒的面把熱水倒進杯中，接著把熱水倒進一旁的陶器中丟棄。在那個事件中，兇手事前把毒藥塗在杯子上，她會如此過度反應也是無可厚非。

試毒的人點點頭後，艾黛兒拿起杯子就口，茶葉香氣在口中擴散開來。

「讓母親擔心了，我已經完全恢復健康了。」

艾黛兒一口氣說完之後，發現宓爾特亞直直地注視著她。是不是突然喊她母親太失禮了呢？

艾黛兒的心臟揪緊起來。

「我聽到妳康復後實在鬆了一口氣，艾黛兒。」
「那、那個，雖然今天只有我自己來，但歐帝斯大人說了，他近期也會前來拜訪。」
聽見宓爾特亞親密地喊自己的名字，艾黛兒不禁探身上前，宓爾特亞對自己喊她母親表達出肯定的態度，這讓艾黛兒無比開心。
總覺得心胸炙熱。
「這樣啊，那孩子這樣說啊。」
宓爾特亞低下頭，臉上浮現放心神色，感覺眼眶也有點溼潤。
「我……」
宓爾特亞看著手上的杯子低語：
「我……我對兒子說了不該說的話，他們兩個都是我懷胎十月生下的孩子啊……」
「關於耶諾斯殿下的意外，我已經從陛下口中聽說了。」
宓爾特亞抬起頭看了艾黛兒一眼後，再次低頭看著杯子。
「我為了讓自己輕鬆而把罪過推到兒子身上，說完那樣過分的話，就算再怎麼後悔，也沒辦法收回已說出口的話。」
「那不是誰的錯……只是不幸的意外。」
「我是個軟弱的女人，難以從過往走出來，也對路貝盧姆過度保護……我心裡也明白，那孩子也到了離開母親身邊的年齡了啊！」

艾黛兒感覺，宓爾特亞也懷抱著深重的自責活到現在。

宓爾特亞落寞地笑著。她自己明白不能把路貝盧姆永遠關在小小的世界中，但耶諾斯意外死亡讓她變得非常膽小。

「歐帝斯大人絕對會來拜訪母親，到時……請他指導路貝盧姆殿下劍術如何呢？」

「……路貝盧姆肯定會很開心，但琳蝶可能會鬧彆扭，說都只顧著弟弟呢！」

宓爾特亞苦笑著說「那孩子真讓人傷腦筋」。

兩人的距離逐步縮短，艾黛兒感覺宓爾特亞開始在自己面前表現出情緒了。雖然只是一小步，但希望兩人的關係接下來也能繼續前進。

「那麼，請琳蝶殿下和我一起練習豎琴如何呢？」

「她可以因此變端莊一些嗎？」

「我也非常喜歡活力充沛的琳蝶殿下喔！」

「她有點太活潑了，真希望她可以多少向妳看齊呀。」

兩人互相微笑以對。

安穩的時光在兩人間流逝，就在喝完一杯茶之時，有人用力拉開房門。

「已經可以讓我們加入了吧？」

活力十足的琳蝶迫不及待地跑過來。

「琳蝶，我不是常常對妳說不可以突然打開門。而且妳怎麼可以連請求入室許可都沒做，這是怎麼回事？」

宓爾特亞擺出身為母親的態度，眉角上揚。

「那我先說對不起。但我也很擔心嫂嫂大人啊，路貝盧姆，你說對不對？喂，你幹嘛不進來，明明就是你慫恿我來的！」

琳蝶轉過頭去對弟弟抱怨，宓爾特亞單手扶額，嘆了一口長長的氣。艾黛兒不禁失笑，這歡樂的時光讓她覺得十分珍貴。在不久的未來中，歐帝斯肯定也會成為其中一員。

「也讓琳蝶你們飽受驚嚇了，對吧？」

「沒有，我也是王家的女人，一點也不怕。」

艾黛兒擔心他們看見身邊的人被下毒而感到恐懼，琳蝶的回答十分堅強，她比艾黛兒更加有勇氣呢。

「真的嗎？妳那時臉超白的耶。」

「討厭！路貝盧姆你這個豬頭，這種事情要保密啦！」

弟弟的爆料讓琳蝶發怒，她毫不掩飾氣鼓一張臉的樣子好可愛，自己也想和他們更加親近，想成為一家人。

「琳蝶，我已經完全恢復健康了，改天再一起玩吧！」

「真的假的？……真的嗎，嫂嫂大人？」

琳蝶的眼睛頓時閃閃發亮，但她馬上感受到母親冰冷的視線，立刻改口。

終於回歸日常了。

「是啊，這是當然，琳蝶。」

艾黛兒一微笑，琳蝶也跟著笑起來。艾黛兒覺得她的笑容非常地棒。

四

這陣子開始流傳起一個煞有其事的謠言。那就是「王太后宓爾特亞才是下毒殺害王后艾黛兒翠亞的真兇」，列西烏斯卿只是被利用了。宓爾特亞企圖讓由自己養育的三王子路貝盧姆坐上王位，如果王后懷孕就麻煩了，所以想盡早排除障礙。

另外，國王歐帝斯長年討厭王太后宓爾特亞，所以想要幽禁被她操控的傀儡路貝盧姆。而先王之弟阿圖爾對王室的不平靜感到憂心，急忙趕回王城。

（原來如此，雖然是陳腔濫調的劇情，但反而很有說服力。）

從謠言散播的方法來判斷，應該是有人刻意為之；也就是說，很可能已經傳入宓爾特亞耳中了。

在格律建議下，歐帝斯請艾黛兒去找雙胞胎，為了要在朝廷官員面前表現出三人感情要好的一面，艾黛兒現在正在中庭彈奏豎琴給雙胞胎聽。

幸好艾黛兒沒聽說這個謠言，因為楊尼希克夫人限制了消息的傳播。

（但是，艾黛兒大概也會在不久之後聽聞，不對，得親自告訴她才行。）

歐帝斯前往王太后身邊拜訪。

她沒有任何戒備地等待兒子來訪，房內也屏除所有外人。歐帝斯也命令近衛騎士留在前廳等候。

「國王陛下，有幸見到您的尊容，令我喜悅至極。」

宓爾特亞優雅地在兒子面前屈膝，美麗的行禮之姿完整表現出對國王的尊敬之意。

「我要把路貝盧姆放在我的監視之下一段時間。」

歐帝斯沒向母親打招呼，開口直接說出正題，宓爾特亞頓時白了一張臉。

「……請先讓我聽你說吧。」

「好。」

兩人之間充斥著令人窒息的沉默，讓歐帝斯躊躇不已；明明已經做好覺悟了，但要談論長年以來的疙瘩格外需要勇氣。

如果艾黛兒在場，氣氛可能會有所不同，但身為丈夫不想讓她看見沒用的一面，而且現在想盡可能避免做出太招搖的行動。

「我因為自己不夠堅強而傷害了你，現在不管說什麼都太遲了，但是……你對我來說，也是我的寶貝兒子。」

就在歐帝斯欲言又止時，宓爾特亞率先開口，她的臉色依舊蒼白且僵硬。

「耶諾斯的死，不是你的錯。」

「但是，如果我沒有邀他一起騎馬遠遊，就不會出那種意外了。」

「那孩子非常仰慕你，認為你非常強大且劍術高超，每次說起你，他都宛如談論自己的事情般自豪。那年，率先讓那孩子沮喪的人是我。」

宓爾特亞自嘲地彎起嘴角，眼中浮現薄薄的淚光。這個人的身體有如此嬌小嗎？是這種感覺嗎？

「你明明只是想幫忙鼓舞弟弟而已，而我卻因為自己的軟弱，把過分的情緒發洩在你身上……你明明沒有做錯事，我卻對自己懷胎十月生下來的孩子說出如此殘酷的話，事後後悔也來不及了，我真的是個愚蠢的母親。」

幾道淚水滑過宓爾特亞的臉頰，注視著她這副模樣，歐帝斯孩提時代感到的寂寞，以及對弟弟的些微嫉妒等各種情緒湧上心頭。
或許因為如此，才會不小心說出真心話。
「我……我一直以為，母親認為死的人若不是耶諾斯而是我就好了。」
「我從來沒有那樣想過，我一直也十分重視你。親手擁抱剛出生的你那時，都不知道我當時感到多麼幸福……」
聽到母親接著說「如果可以如願，我好希望可以親手養育你」時，歐帝斯的心中產生暖意，這大概是小時候的自己想從母親口中聽到的話。
歐帝斯一直對母親很愧疚，心中始終覺得是自己從她身邊搶走耶諾斯，因此對母親顯露出不必要的生疏態度。
母親現在就近在身邊——艾黛兒讓歐帝斯察覺了這件事。
不知何時，他們拿掉了王太后與國王的面具。現在，在場的是尋常無奇的普通家庭，母親與兒子之間的對話。
「我今後也想持續與您交流，母親大人，請讓我們多聊聊吧。」
「歐帝斯……謝謝你。」
宓爾特亞拿出手絹擦拭眼角，她開心微笑的臉龐相當美麗。
「我的態度大概讓人產生誤解，所以才會出現如此被趁虛而入的狀況。」

歐帝斯瞬間換上國王的表情，接下來要說的是。身為國王不得不說出口的話。

宓爾特亞也立刻端正表情，她也發現事情非同小可。

「我發誓，我絕對沒對艾黛兒翠亞王后殿下下毒。」

歐帝斯用力點頭，他相信母親說的話。

「我和路貝盧姆也沒有想擠下你以奪取王位的想法，如果想要平息宮廷內的謠言，請你撤除路貝盧姆的王位繼承權。」

「我不會撤除他的王位繼承權，但這樣下去，路貝盧姆會有生命危險。」

「這是什麼意思……」

「散播這個謠言的人，是阿圖爾殿下。」

「他為什麼要這樣做……」

就連宓爾特亞也啞口無言，一句話也說不完整。

「在我徹查列西烏斯卿身邊的關係時，得到了某個消息，他身邊有與叔父大人密切相關的人物出沒。列西烏斯卿頻繁去找王都盧庫斯內的非法藥師，是為了找來對艾黛兒下毒的藥物，而這位藥師和叔父大人關係密切。」

宓爾特亞動也不動地聽歐帝斯說明。

歐帝斯繼續說，列西烏斯卿以為拿到毒性很弱的藥物，只會讓人覺得身體不適，需要臥床幾天。但藥師謊稱藥物的毒性，給了列西烏斯卿毒性很強的藥。

叔父利用列西烏斯卿的野心，想借刀傷害艾黛兒。考慮接下來可能發生的發展，先排除可能懷上國王小孩的女人，對他來說比較方便。「叔父大人在春天過後，開始與前陣子與我國對戰的凡謝進行超出他權力範圍之外的談判。」

阿圖爾的領地是位於奧斯特洛姆東南端的捷列戈剌地區。這是與凡謝國境鄰接的地區，先王對弟弟有一定程度的信任，所以把土地管理與守護國境的任務交給他。

如今，歐帝斯要近衛騎士底下的部隊監視阿圖爾。

接著掌握到了這些訊息。

「叔父想要利用謠言，用仲裁兄弟紛爭的藉口殺了我。我死了之後就只剩下路貝盧姆，他可能會看時機再殺了他。」

對想爭奪王位的人來說，最大的阻礙就是同樣擁有繼承權的人。路貝盧姆年紀還小，實際上還沒有辦法執政，也是牽制宓爾特亞的有效人質。不過，對阿圖爾不滿的人可能會擁護路貝盧姆，因此讓路貝盧姆活下去也只是增加風險，所以遲早會殺了他。

身為嫁入王家的女人，宓爾特亞堅強地聽完歐帝斯的話。

「老實說，我也無法預料叔父大人會怎麼行動，這都是我太天真了的關係。懷疑親人真是令人厭煩。」

歐帝斯現在必須考量許多可能性，包括了「阿圖爾可能和鄰國凡謝簽訂了什麼祕密契約」。阿圖爾特地前來王城，表示近期可能會採取什麼行動。

「短時間內，讓路貝盧姆在我的監視下，藏起來吧。」

「請保護那孩子，我相信你。」

「謝謝妳相信我。」

歐帝斯放下心中大石地吐了一口氣後，宓爾特亞回答：「因為你是我的兒子啊。」

接下來的行動十分迅疾。

歐帝斯與宓爾特亞談完後當天，路貝盧姆身影就從宜普斯尼卡城中消失。檯面上的理由，是對謠言感到憂心的歐帝斯把路貝盧姆帶離宓爾特亞身邊。

路貝盧姆迅速被移往國王準備好的隔離地點，距盧庫斯半天馬車路程的羅斯馬尼卡男子修道院。

隔天，歐帝斯在辦公室內聽近衛騎士報告。

「襲擊路貝盧姆那群人的武力如何？」

「相當熟練高超，真不愧是阿圖爾殿下的手下。」

「全殺了嗎？」

「只留一個活口。」

「坦白了嗎？」

「沒有，什麼也沒說。」

騎士搖搖頭。

「有找到和阿圖爾有關係的線索嗎？」

「沒有。」

不出所料，真是太周到了。年齡比自己大上許多的阿圖爾對市井也相當了解，被逮到的人大概不會輕易開口，歐帝斯也明白，世界上有以這類工作維生的人存在。

照這樣下去，在證據不足的狀態下無法追究叔父，但也沒時間清查協助他的人，若分散己方人力，就有在睡夢中被奪走生命的危險。

歐帝斯派遣正規的護衛騎士護送路貝盧姆搭乘的馬車，同時也另外對直屬於近衛騎士底下的祕密偵察部隊下令，要他們監視前往路貝盧姆前往修道院的車隊，發生意外要立即應對。上面就是關於這件事的對話內容。

「路貝盧姆本人沒事吧？」

「是的，雖然有一點緊張，但還有食欲。」

「這樣啊。」

派往羅斯馬尼卡男子修道院車隊裡的人，是和路貝盧姆同齡的見習騎士。

他們現在把路貝盧姆藏在帕迪恩斯女騎士團中。因為路貝盧姆年紀還小，才能使出這個絕招，也就是讓他假扮成女孩，混在剛入團的女生之中。

阿圖爾為了殺害路貝盧姆而行動，事跡敗露後，他已經沒有退路了。

大概今天或明天就會有動作，歐帝斯如此認為。

太陽西下，夜也越來越深。

（持續等待還真是痛苦啊。）

如果歐帝斯還單身可能無所謂，但他現在有艾黛兒，歐帝斯也有她是自己最大弱點的自覺。

帕迪恩斯的女騎士應該會以生命保護艾黛兒，女官會不慌不忙地帶艾黛兒逃跑，但即使如此仍無法拂拭歐帝斯的不安。

與心腹和近衛騎士隊長等人的密談持續到深夜，城內包圍在令人厭煩的寧靜當中。朝臣們大概也察覺到什麼吧，飄散著詭異的緊張感。

歐帝斯終於得以回到艾黛兒身邊時，她正在鄰接的房裡玩耍似地彈奏豎琴。可以聽見「叮嚨、叮嚨」的撥弦聲，而她就坐在暖爐前的椅子上。

傳來的旋律與其說她在彈奏音樂，倒不如說像無事可做，只是在撥弄琴弦。

「艾黛兒。」

「歐帝斯大人。」

歐帝斯一喊，艾黛兒立刻露出燦爛表情，她柔軟的表情放鬆了他緊張的心情。她對自己露出的清純笑容與平時無異，澄清的眼睛令人愛憐，讓歐帝斯想要稍微任性一下。

「妳願意為我彈奏一曲嗎？」

艾黛兒嚇了一跳，臉頰瞬間染紅，很害羞地閃躲視線。她說自己還在練習中，所以不能在歐帝斯面前演奏。

「……那個、還……」

「但妳不是已經讓琳蝶和路貝盧姆聽妳的演奏了嗎？這也太不公平了。」

說出毫無虛假的真心話之後，艾黛兒語塞。連她傷腦筋的表情也感覺可愛，還真是讓人迷戀呢。

「不行嗎？」

「不、不是……確實如歐帝斯大人所說，我已經演奏給琳蝶他們聽過了。」

艾黛兒端正好姿勢，打直腰桿重覆幾次深呼吸緩解緊張之後，撥動第一根琴弦。

歐帝斯在她附近的單人座落座，傾聽音色。

室內環繞著沉穩音色，宛如表現出演奏者的人品，音色柔軟地令人感到舒適，感覺她的心情乘著音樂表達出來。

聽著心愛之人只為了自己演奏的樂曲，令人心情平靜的短暫瞬間，煩躁心情也沉靜下來。

歐帝斯持續閉著眼睛聆聽。雖然艾黛兒很謙虛，卻完全發揮出她認真練習的成果；在溫柔音色的包圍中，歐帝斯再度思慕著最愛的妻子。

如果歐帝斯此次挫敗，也會牽連艾黛兒，若是敗北，她也不可能安然無事。

實際上，阿圖爾就曾藏身在列西烏斯卿身後，意圖殺害艾黛兒。

（我一定要保護艾黛兒。）

歐帝斯如此發誓。

「獻醜了。」

艾黛兒彈奏奧斯特洛姆傳承的民族樂曲，她很努力想融入這個國家。再度感受了她這份心意，歐帝斯笑彎了眼。

「很美的音色。」

「謝謝誇獎，但是……果然還是有很多失誤。」

「才沒那回事，音色很棒，聽著聽著就讓人平靜下來。」

「歐帝斯大人，謝謝您的誇獎。」

歐帝斯張開雙手，理解他意思的艾黛兒放下豎琴起身，往他大腿上坐下。

不知從何時開始，她在歐帝斯懷中已經不再不自然地緊張，而是全盤信賴地委身於歐帝斯懷中，歐帝斯的下顎正好可以抵在艾黛兒頭頂。

她順從靠在身上的體重令人憐愛，彷彿表示這是專屬於她的懷抱般，歐帝斯一手環抱她的背，另一隻手與她交握。

「艾黛兒，我愛妳。」

「怎麼突然說這個呢？」

「丈夫表達對妻子的心意，哪裡有什麼突然？」

「……說的也是。」

艾黛兒接受他的說詞後，軟軟微笑。

「妳不回應我嗎？」

「我也愛您，歐帝斯大人。」

若是平常，接下來會發展成夫妻恩愛的場面，但今天無法這樣做。

「艾黛兒，叔父大人大概會在今明兩天起事。」

「我已經做好覺悟了。」

艾黛兒已從帕迪恩斯騎士們口中聽聞阿圖爾的企圖，根據騎士報告，艾黛兒聽到阿圖爾有謀反嫌疑時，情緒相當激動。

艾黛兒緩緩坐起身子，從正面注視歐帝斯。黑髮青年倒映在紫色澄清的雙眼中，她悲傷地顫動著睫毛。

「請您千萬要平安。」

她纖細的手指貼上歐帝斯的臉頰，很難得見她這樣撫摸歐帝斯。

「放心，我是王，可不能輸。」

「……是的，歐帝斯大人。」

艾黛兒緩緩點頭之後，把頭埋在歐帝斯的脖頸中。

◆

在那之後，夜色更加深沉之時，事情發生了。

其實艾黛兒怕得不得了。聽到阿圖爾要造反時還難以置信，她直到最後一刻都祈禱著有哪裡搞錯了。

但艾黛兒身旁歐帝斯銳利的眼神，如實闡述著城裡發生了異狀。

窗外隱約可看見光亮，是火焰。那大概是火把，正在移動著。

「歐帝斯大人。」

用勉強只有他能聽見的音量輕喊，低頭看著艾黛兒的歐帝斯輕輕點頭。

彈完豎琴和歐帝斯說完兩、三句話後，他說了「稍微睡一下吧」，但在緊張感中沒有絲毫睡意。

此時，夫妻寢室的房門響起敲門聲。歐帝斯持劍起身，近衛騎士隊長走進房內。

「叔父大人行動了嗎？」

歐帝斯的聲音平淡，艾黛兒無法判讀其中有怎樣的混亂複雜情緒。

歐帝斯和艾黛兒都穿著日常服飾。不對，歐帝斯身穿騎士打扮，而艾黛兒穿著暗色沒有裝飾品，城中侍女或做家務的女傭會穿的衣服。她就這樣離開房間，途中與歐帕拉等人會合。楊尼希克夫人在艾黛兒頭上蓋上頭巾，隱藏起她那一頭白銀秀髮。

所有人一語不發，衣物磨擦的聲音顯得特別響亮。

接下來，歐帝斯即將要迎擊反叛者阿圖爾。

「妳要聽從帕迪恩斯騎士們的指引。」

「歐帝斯大人，請您務必平安。」

「我不會落敗，妳也要平安。」

短暫擁抱後，艾黛兒在歐帕拉等人帶領下，與歐帝斯往不同方向邁開腳步，途中經過好幾個類似密道的狹窄通路，走出王城外。

篝火數量比平時還多，男人們的喊叫聲也傳進艾黛兒耳中。

艾黛兒從楊尼希克夫人口中聽到這令人不安的傳聞還沒過幾天，至今仍無法完全相信這是事實。

「王后殿下請往這邊走，首先先到帕迪恩斯女騎士團總部。」

「好。」

即使在黑暗中，歐帕拉等騎士們的腳步也沒有絲毫迷惘，她們對廣闊的宜普斯尼卡城瞭若指掌。艾黛兒為了不讓自己扯後腿，拚命跟上大家。

「阿圖爾殿下似乎拉攏了一些貴族，但請別擔心，只要國王殺了逆賊，一切都能解決。」

與艾黛兒並肩同行的格雷西塔如此說，看來艾黛兒似乎顯露出相當哀戚的表情，「得堅強起來才可以」，艾黛兒咬緊唇瓣。

「女人！有女人在這裡！」

「這次真的是本人了吧？」

就在她們要走出通往帕迪恩斯女騎士團建築物的道路時，前方有人影跳出。是男人的聲音，而且不只一人。歐帕拉等人立刻拔劍。

（這次真的是？）

艾黛兒根本沒有餘裕思考這句話的意思，男人舉劍揮砍過來，金屬交擊聲響起，刺痛耳朵的不快聲響劃破夜晚寂靜。

「小姐，挺能幹的嘛！」

其中一個男人吹口哨，發現他正在召喚同伴的歐帕拉立刻舉劍刺向男人的喉嚨。

「可惡！」

男人在千鈞一髮之際閃過，另一個男人開始攻擊歐帕拉，她以劍擋開攻擊。

男人們皆看起來相當熟練，現在保護艾黛兒的女騎士有七個人。而男人有五人，得在他們的援手抵達前逃開才行。

雖然己方的兵力較多，但邊保護艾黛兒邊戰鬥，無論如何都會把力氣分在防禦上面。結果騎士們位居下風，劍擊交戰中，其中一個騎士倒下，艾黛兒拚了命把尖叫聲吞下肚，騎士們也開始浮現焦急表情。

「王后殿下，還請快逃走。」

男人步步逼近，但現在兵分兩路反而更危險。

在被迫得面臨極限選擇之中，有什麼東西從不同方向飛過來。

「什麼？」

一個男人大叫，黑暗中，飛箭刺在地面。接連射過來的幾支箭上，前端熊熊燃燒著火焰。

「火焰箭？是哪來的人射的啊！」

女騎士們想找出箭從何方而來，四處張望。

「這是什麼。」

「喂，這是哪邊的人手啊？」

「我沒聽說有這個！」

男人們也同聲驚呼，他們會被嚇倒也是理所當然，因為突然冒出了陣陣濃煙。

「小心！這裡面有煙霧陷阱！」

格雷西塔大喊。

突發狀況讓艾黛兒不知所措，才以為聞到火藥的氣味，下一秒視線已經被掩沒。

「王后殿下，不可以把煙吸進去！」

聽見歐帕拉的聲音，但已經太遲，煙霧無分敵我，已經瀰漫此處。

視野被遮掩，焦躁感瞬間劇升。雖然拿袖口遮掩口鼻，但已經吸進不少煙霧。上半身暈眩搖晃，四周開始出現苦悶哼聲，是男人和女騎士的聲音。

（不、不行……身體……麻、掉了……）

雙腳一軟跪地時，感覺有人支撐住她。但艾黛兒無從確認，已經失去意識。

五

「叔父大人，在這種三更半夜的時刻來訪，可不成體統呢！」

「這哪有什麼，只是來看看可愛姪子的臉，幾點來都無所謂吧？」

歐帝斯語帶諷刺地扭曲表情，阿圖爾也十分樂在其中地揚起嘴角，他領著一群手拿武器的男人。

兩人手上都拿著劍，宜普斯尼卡城內，男人們分別站在各自的陣營互相對峙。

阿圖爾在歐帝斯面前無所畏懼地笑了，接著拿起手上的劍擺好架式。

「那麼，就讓我從你手中搶下王位吧！我就是為了此而來的。」

「可以，方便詢問您理由嗎？」

歐帝斯平靜地提問，如果可以，他真心不想與血親爭鬥。腦海中浮現小時候的回憶，他追逐著比現在更年輕的叔父的背影，鍛鍊自己的劍術與馬術。

「我同樣是國王的兒子，而且也有高強能力，想要王位也絲毫不奇怪吧？如果有資格，那就伸手爭取，僅此而已。」

阿圖爾自信滿滿地說道，他身上的衣服因回濺的鮮血染紅。

「原來如此，這種想法真有你的風格。」

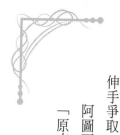

「是啊，我也是王家男兒，既然如此，想要王座也是理所當然。」
揚起嘴角一笑的阿圖爾先行出招。
（我真的能勝過這個人的劍嗎？）
擋下的劍好沉重，阿圖爾是認真的，是為了殺害歐帝斯而出劍，歐帝斯也一樣。只要有一方手下留情，就會立刻被擊中要害。這是賭上性命的戰鬥。
在雙方陣營的領袖拚上性命戰鬥中，其他人也各自衝上前打倒敵人，怒吼聲與金屬敲擊聲響徹城內。
「歐帝斯，你有稍微變強點嗎？」
「是的，當然有。」
彼此邊輕鬆對話，但也不露出些許破綻。阿圖爾正確地瞄準歐帝斯的脖子，不停重複刺擊。
歐帝斯在千鈞一髮之際躲開，朝阿圖爾的胸口猛攻。
兩者的劍術不相上下，並非單方面被壓著打，只是不斷耗損時間，阿圖爾毫無漏洞，這讓歐帝斯開始焦急起來。
（不行，得冷靜下來，要不然會被他抓到破綻。）
阿圖爾舉高劍用力砍下。
歐帝斯擋下攻擊，強烈的衝擊竄過手臂。

阿圖爾迅速轉換攻擊方法，劍尖劃過歐帝斯的手臂。被劃傷的觸感令歐帝斯皺眉，但他立刻反擊。

彼此劍術實力相當，這樣下去只會演變成消耗戰。

「原來如此，實在名不虛傳。但這樣真的好嗎？你在這裡絆住腳步，可是沒辦法守住重要的東西呢。」

歐帝斯面無表情地不理會阿圖爾的挑釁，如果有時間說話，倒不如拿來攻擊。

「你不擔心艾黛兒翠亞嗎？」

（這是打著讓我心緒不寧的主意吧？）

妻子夢幻的美麗身影浮現歐帝斯腦海中，大概無意識出現在表情上吧？阿圖爾揚起嘴角，用力砍下一劍。

他沒放過這一瞬間的破綻，歐帝斯的劍被彈開，巨大衝擊讓他一時站不穩。

「陛下！」

其中一個近衛騎士跳出來擋在他前面。

「別礙事！」

阿圖爾朝近衛騎士用力揮砍。

歐帝斯迅速往旁邊移動攻擊阿圖爾的側腹。

「二打一啊！真丟臉。」

阿圖爾轉身避過歐帝斯的攻擊。

「這是我和阿圖爾的戰鬥！」

歐帝斯大喊，接著用像要射殺他的銳利視線狠瞪著阿圖爾。

「艾黛兒有帕迪恩斯女騎士保護，就算你想擾亂我的心思也沒用。」

「哼！那你就憑一己之力來打倒我啊。」

「啊啊，我就是如此打算！」

歐帝斯再次拿好劍，兩人同時有了動作。阿圖爾說出艾黛兒的名字試圖動搖歐帝斯的心緒，但她是王后。考量這場戰鬥結束後的事態，阿圖爾應該也想同時逮住她才對。

（艾黛兒……在我去接妳之前務必平安啊！）

想確認她是否安好，在此打倒阿圖爾就是最快的捷徑。

王座只有一個，歐帝斯必須有自己已是國王的覺悟。既然坐上身負重責的地位，身為國王就得斬殺逆賊才行；迷惘、天真只會令身邊心愛的人們陷入危險。

歐帝斯壓低身體。

（沒錯……我心裡某處仍然相信著叔父大人……但是……）

兩人已分道揚鑣，得一口氣定出勝負才行。

雙方同時行動，瞄準彼此的要害。歐帝斯從下方彈開叔父的劍，接著以他的胸口為目標，深深刺下一劍。

「唔……嗚……」

手上傳來令人厭惡的觸感，紅色血珠順著劍滴滴答答流下來。

叔父的劍落地，阿圖爾接著跪倒在地。

感覺時間彷彿停止流動一般，叔父在眼前倒下，而歐帝斯只是呆然俯視。

「陛、陛下打倒逆賊了！」

某人的聲音將歐帝斯拉回現實。

「叔父大人……你輸了。」

「哼……我、還……以為……是我……比較、強呢……」

這是賭上性命的對戰，身負致命傷的阿圖爾聲音沙啞，臉上帶著自嘲表情。

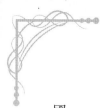

「……但是……事後處理，可是比你想像……更加辛苦啊。」

阿圖爾帶著大無畏的笑容，往前倒下。

國王打倒逆賊的消息瞬間傳遍宜普斯尼卡城，看見倒在王城中央大廳的阿圖爾後，除了少部分的人以外，原本支持他的人紛紛投降。

歐帝斯同時進行掃蕩逆賊與控制城內的工作，接著與忙於指揮行動的威奧斯會合。

「陛下！」

「母親大人他們平安嗎？」

「是的，很平安。因為他們有陛下派遣的騎士與帕迪恩斯騎士保護。」

歐帝斯鬆了一口氣。

「你也是，一切平安真是太好了。」

威奧斯嘴角微微上揚，大約看了一下沒看見受傷之類的狀況。

「很不湊巧，我在這種時候沒辦法幫上陛下的忙，所以只能和王太后殿下一起接受保護。」

「琳蝶有哭嗎？」

歐帝斯提到小妹的名字，琳蝶是先王的女兒，很有利用價值。雖然認為襲擊者應該不至於對女人、小孩做出蠻橫的舉止，但無關乎是否有暴力舉動，年紀還小的她肯定感到很恐怖。

「真不愧是王女殿下，展現出相當毅然的態度。」

「這樣啊，不愧為奧斯特洛姆的王女呢。」

「但她在聽到陛下壓制阿圖爾殿下的消息後瞬時跌坐在地，看起來應該是一直繃緊神經。」

「對她來說是很痛苦的結果吧。」

不管誰獲得勝利，都會失去其中一個血親。
「除此之外，我的父親也平安無事。只受了一點小擦傷。」
「聽到這就安心了，我還有許多工作得請雷尼克宰相幫忙才行呢！」
歐帝斯笑彎了眼，威奧斯也揚起嘴角。
現在紛紛將遭逮的阿圖爾支持者移往同一處關起來，王國軍總帥雷肯前來報告已成功征討支持阿圖爾的師團了。
「幹得太好了。」
「我軍出現這種不肖者，全都是我教導無方。」
即將滿五十歲的現任王國軍總帥，出身於代代名將輩出的名門。這一次，身為王國軍的部份人馬協助阿圖爾謀反，他對此感到相當痛心。
「無論什麼處分我都甘心接受。」
「現在不是討論這件事的時候，多虧有你才能短時間內平息。老實說……要是連你也謀反，我大概無法相信人類了。」
「我的性命早已獻給陛下。」
歐帝斯從小師承雷肯指導劍術，接受他時而嚴厲也深切的愛情養育長大。歐帝斯將他當作另外一個父親般景仰，如果遭到他背叛，歐帝斯會大受打擊。

「陛下！」

又一個人跑到歐帝斯身邊來，是前去查看艾黛兒狀況的近衛騎士。他的表情十分慌張，那模樣令歐帝斯感到不安。

「陛下，請您冷靜聽我說。」

歐帝斯靜靜聽騎士報告，全部聽完後，他感覺腳下世界全部崩塌。

「……你說……四處都找不到艾黛兒？」

「是的，我們看見帕迪恩斯騎士們和應該是襲擊者的男人們全部倒下的現場。」

歐帝斯唯一掛心的是艾黛兒。他認為與其躲在國王寢室，到帕迪恩斯女騎士團的建築物裡避難更加安全，那邊也有以防萬一的祕密通道。

身為王后，如果被反叛者逮到，不知會遭受怎樣的對待。保護艾黛兒的帕迪恩斯騎士的能力也是經歐帝斯認可的，他認為不會被簡單打倒。

「我們現在正在周邊搜索，看起來敵人在煙霧中使用了什麼藥物，我們把昏倒的騎士喚醒後聽她們說——」

近衛騎士的聲音左耳進右耳出。艾黛兒不見了，行蹤不明。

歐帝斯無意識移動腳步。快點，得快點找到她才行。

想立刻擁她入懷，得盡快感受她的體溫才行。

「陛下，您怎麼了？」

威奧斯從歐帝斯的臉色察覺到什麼，立刻走過來。

「艾黛兒不見了，我現在要去找她。」

「不見了……？」

威奧斯相當詫異。

「陛下，您怎麼了？」

雷肯也跟著問。

「艾黛兒，我的王后，失蹤了。」

歐帝斯把剛才聽到的事情告訴兩人。

「立刻封鎖王城大門。」

「不可把事情鬧大。」

雷肯說完後，威奧斯也跟著點頭。

「暗暗進行吧，也很可能到其他地方避難去了。」

「我也去。」

雷肯立刻展開行動，歐帝斯也跟著走，但立刻被威奧斯擋住去路。

「陛下請留在這邊，要是現在沒看見您，可是會打擊其他人的士氣。」

「但是……」

以歐帝斯的立場，他必須靜靜待在這聽報告，這令他十分不耐，他無法壓抑想立刻衝出去的衝動。

理智上明白國王不該隨意離開此處，但情緒上還無法接受。焦躁心情逐漸升溫，他握拳用力地幾乎要把自己的骨頭捏碎。

（可惡！叔父大人剛剛那段話的意思是指這個啊！）

阿圖爾果然設了許多陷阱。

威奧斯彷彿最後提醒重要性般再度看了歐帝斯，光靠一個視線，就足以讓歐帝斯忍耐著待在此處。在那之後，兩個部下分頭行動。

在混亂逐漸平息之中，歐帝斯走到阿圖爾身邊。阿圖爾出血量十分大，這是無法救治的重傷；即使保住一命，對國王出手的他終究只有一種下場。

歐帝斯在阿圖爾的臉旁蹲下。

「叔父大人，你把艾黛兒藏去哪裡了？」

周遭的人雖關注著國王的行動，但立刻就把視線轉回去。

阿圖爾還有氣息，其他謀反者被綁起來集中在他附近，其中還有人被綁上口銜以防止自殺。

聽見姪子的問題，阿圖爾微微睜開眼。

看見歐帝斯眼中焦慮的他，輕輕揚起嘴角，他的態度正是肯定的證據。

「你把艾黛兒怎麼了？」

歐帝斯再問一次。

「……沒什麼……只是做為回報……而已……」

阿圖爾的話斷斷續續。

歐帝斯瞠目結舌。原來是這樣，原來不是鄰國凡謝。

叔父聯手的對象。

那就是——

◆

「——黛兒。」

聽見有人呼喊她。

近在耳邊的是男性的聲音，關心她的溫柔聲音讓她感到些許懷念。

「嗯……」

大腦彷彿仍在五里霧中，意識逐漸清醒，看來她只是睡著了。

微微睜開眼，發現四周昏暗。木頭天花板映入眼簾，和平常不同的景色令艾黛兒詫異：「為什麼這裡不是國王的寢室呢？」對自己來說，歐帝斯的身邊是她的安眠之處，也是容身之處。

「艾黛兒王女，您清醒了啊。」

在這個聲音引導下，艾黛兒慢慢坐起身，但她的身體晃了一下，還不太有力氣。

「王女，您還好嗎？」

有人環住她的背撐住她，艾黛兒拚命地回想現在是什麼狀況。

方才呼喊自己的聲音是歐帝斯的近衛騎士嗎？艾黛兒和他們算常常說話，但這個聲音又令她感到懷念，艾黛兒拚命挖掘記憶。

「還、還好，謝謝你。」

「藥效還沒有退，雖然我想要讓您再靜養一段時間，但現下狀況刻不容緩。」

「呀……你、你是……！」

彷彿受到男人的話引導往旁邊看，艾黛兒嚇呆了。

那是有頭深色頭髮，一臉溫和的青年。但艾黛兒記憶中的那個人應該是頭銀髮，只靠燭光沒辦法看清楚眼睛顏色，但艾黛兒認識這個人。

「……尤恩……大人？」

嘶啞聲音脫口而出，眼前之人是那位尤恩，艾黛兒同父異母兄長的騎士，分享點心給飢餓的艾黛兒，那個溫柔的他……人應該在澤斯的他，為什麼會在這裡？

「艾黛兒王女，好久不見。」

尤恩露出和艾黛兒記憶中相同的笑容，卻讓艾黛兒更加混亂。

為什麼他會在眼前？

（我記得我應該……對了，阿圖爾殿下起兵謀反。然後……）

腦袋越來越清晰，啊啊，想起來了，正準備前往帕迪恩斯女騎士團躲藏途中，遭到襲擊。艾黛兒想起昏倒之前的事情，氣勢十足地想要起身。

「歐帝斯大人！陛下平安嗎？陛下！」

「公主，現在還請您靜養。而且您已經不需要順從那種蠻族之王了！」

艾黛兒近乎驚聲尖叫大喊後，尤恩抓住她的手。

「不行！我得去找陛下才行。」

「不可以，我不讓您去。」

「為什麼？為什麼尤恩大人要說這種話呢？拜託，陛下現在面臨難關，阿圖爾殿下舉兵謀反，王城現在肯定非常混亂。為什麼，為什麼我現在會和您在這裡？我為什麼……」

搞不清楚狀況，艾黛兒激動地越說越激昂。

「艾黛兒王女，不可以，不可以回王城，您一回去就會……」

另一方面，尤恩比她冷靜許多。這又更加煽動艾黛兒的不安。他強力想將自己留在這邊，被他握住的雙手無法動彈。

「到底為什麼……？」

艾黛兒看著尤恩的眼睛，他的眼神很認真，他知道些許內情。沒有絲毫動搖的眼神令艾黛兒如此確定，不禁倒吞一口氣。

尤恩注視著艾黛兒繼續說：

「只要回到宜普斯尼卡城，您就會被殺死。」

六

阿圖爾死前的最後一句話，那就是「和我聯手的人，是你妻子的母親。」

伊斯維亞憎恨艾黛兒，她為了絕對要送艾黛兒上黃泉而出手幫助阿圖爾。

歐帝斯再也無法只是待在原地等待，她正面臨死亡危機，現在人到底在哪？討厭的預感從腳邊竄上來糾纏歐帝斯。

威奧斯和雷肯早已掌控了宜普斯尼卡城的所有城門，嚴格限制人員進出。

在城內遭逮的反叛者與身分不明的人全聚集一處，對照身分之後找出從澤斯混進來的男人們。與之同時派人前往盧庫斯，下令封鎖平常在日出同時敞開的城門。

為了慎重起見，也派遣好幾位屬下探索宜普斯尼卡城的祕密通道，但既沒有被人使用過的痕跡，也沒有人潛藏在那裡的跡象。

「有不少人趁亂從城門逃走了，特別是和此次事件無關的女僕們相當積極逃跑。我們正在確認人員安全與否，但要完全知道誰離開王城、誰留在王城內，還需要一段時間。」

威奧斯回來後如此報告。

在現場負責人的判斷之下，他下令讓女人們從城門逃走。

艾黛兒為了隱瞞自己是王后，身穿樸素的衣服且頭戴頭巾。這反而造成麻煩，乍看之下做女傭打扮的她，很可能遭綁匪光明正大地從城門帶走。

「幸好是深夜，如果是白天可能早已離開盧庫斯城門了。」

王都包圍在城牆之中。舊時代建設的城牆內區域現在被視為舊市區，到了晚上，各處的城門會關閉。

隨著近年人口增加，城牆外的都市規模也逐漸變大，但夜間基本上都管制人員的出入。

「時間刻不容緩，無論如何都要在天亮前找到艾黛兒。」

歐帝斯的聲音中混雜著焦慮。

城內仍十分混亂，消息傳遞也因此有所延遲。她是已經被帶往城外了呢？或者被藏在城裡的某處？就連這點都不清楚。

（可惡！艾黛兒人到底在哪。）

要是她有個萬一。對現在伊斯維亞仍想取艾黛兒性命的怒意，令歐帝斯全身發抖。就在此時此刻，她的生命仍遭到威脅。

即便如此，「國王」為什麼是如此綁手綁腳的身分呢？

歐帝斯發誓要保護她，但結果他什麼也做不倒，讓她陷入了危險。

而身為國王的自己，也無法以一介青年的身分去找她。

像現在這種時候，只讓他焦急得無可適從。如果可以，他想要率先奔走尋找妻子。

歐帝斯得守在王位上，這就是今後也要以國王君臨得做出的覺悟。

（如果艾黛兒已經……不，不可以，怎麼可以連我都不相信艾黛兒還活著。）

最糟的狀況浮上歐帝斯心頭，他立刻甩開這種討厭的想法。她絕對會回來，她說了想站在自己的身邊。歐帝斯已無法想像沒有她的生活了，他需要艾黛兒，絕對要親手搶回來。

「陛下，我有個想法。」

近衛騎士隊長靠近，這位從父王時代起忠心侍奉國王的騎士，在歐帝斯耳邊說了一個提議。

◆

「阿圖爾．法斯納．庫錄斯．奧斯特洛姆和澤斯的王后進行了交易。他接受伊斯維亞王后個人的援助，以此為條件，把您交給她。以您的死做為交換，阿圖爾得到了伊斯維亞王后的支援。」

尤恩平淡說明，他仍然注視著艾黛兒，眼中沒有任何陰霾，看不出來他在說謊。

「只要阿圖爾得到王位，您就會被殺。實際上，也有許多澤斯王后偷偷派遣過來的男人混入其中。」

艾黛兒想起來了，想起伊斯維亞王后那雙被憎惡蒙蔽的眼神。她為了要殺死自己而與阿圖爾結盟，給她的回報就是自己的項上人頭。思索至此，艾黛兒背脊發寒。

但有一點不明白。

「您……為什麼要帶我離開？然後這到底是哪……？」

「我會好好向您解釋。」

這房間很安靜，如果伊斯維亞想要艾黛兒的性命，應該會當場殺了她。但實際上她只是被帶離王城，現在仍然活著。

艾黛兒低頭看自己的打扮，仍是她失去意識前穿著的樸素衣服，衣服也不凌亂。室內只有木地板、床鋪和一個置物櫃和椅子，非常簡樸。暖爐旁的燭台燈光淡淡地照射出兩人的輪廓，有窗戶但沒有光線射入，這樣看來應該還沒天亮。

「麻煩您了。」

艾黛兒點頭後，尤恩緩緩放開握住她的手，艾黛兒鬆了一口氣坐在床沿。

他拿來椅子坐在自己面前。

「該從哪裡說起好呢……自從您嫁到奧斯特洛姆後，我便失去當騎士的目的了。」

艾黛兒離開之後，宮殿仍然平穩過生活。尤恩自述他為了填補心中的空白，只是怠惰地工作著。

「巴涅特夫人在奧斯特洛姆被逮捕後，伊斯維亞王后殿下的立場開始出現轉變。」

因為殺害奧斯特洛姆王后未遂而遭收監的巴涅特夫人，以幾個條件做為交換後被送回澤斯。艾黛兒在身體恢復健康之後，也聽說巴涅特夫人的娘家和夫家為了保護她，都做出不少政治層面上的斡旋。

巴涅特夫人現在被關在澤斯的大牢中。

令人感到意外的是，澤斯很爽快地同意了奧斯特洛姆的要求。

「國王陛下下令全面答應奧斯特洛姆開出的條件，導致臣子對伊斯維亞王后殿下產生不信任感。意圖削弱巴涅特家力量的勢力方，當然不會放過這個落井下石的機會，而這也牽連到王后。」

伊斯維亞出自私情而干涉奧斯特洛姆與澤斯間的聯姻，雖然她否定自己參與其中，但宮廷內眾所皆知她討厭艾黛兒，且大家都知道巴涅特夫人是伊斯維亞的心腹。

被迫負起殺害艾黛兒未遂責任的，是澤斯整個國家。國王擁有愛妾並非罕事，就算再怎麼討厭愛妾生下的女兒，竟然把這個怨恨帶到政治層面上，這女人也太過膚淺了。澤斯因此把國際河川上游的治水權奉送給奧斯特洛姆。

這類評價在宮廷蔓延開來，澤斯國王仍舊對王后漠不關心，而王太子也無法對父王提出強勢建言，因為進攻奧斯特洛姆卻輸得一塌糊塗的人就是他。

結果，宮廷貴族們不滿的矛頭全指向伊斯維亞，她的評價也因而一落千丈。

「我在那件事後，理解了伊斯維亞王后的本意，且我認為王后在那之後對您的恨意越深了。」

艾黛兒沒有插嘴，靜靜地聽尤恩繼續說下去。

輕而易舉能想像出伊斯維亞的情緒會出現怎樣的變化，她是位心高氣傲的王后，心心念念想殺了艾黛兒；但不僅暗殺計畫失敗，甚至反而得到讓自己的評價崩落的報應。她會想再次策畫、殺死在鄰國安穩生活的艾黛兒，一點也不奇怪，她肯定也無法容忍艾黛兒現在的王后地位。

「因為如此，我心中對王家的忠誠心日漸淡薄。澤斯王家犧牲了您過著悠然自在的生活，以及根本怨恨錯人的王后……」

尤恩開始對繼續走在服從澤斯王家的人生產生懷疑。

就在此時，一個值得警戒的消息傳進尤恩耳中，鄰國奧斯特洛姆的人偷偷潛入澤斯的王都瓦萊拉、大撒金錢招兵買馬，到底是為了什麼？

「我查出來，原來是擁有奧斯特洛姆王家血統的阿圖爾在澤斯國內徵募傭兵，伊斯維亞王后也暗中支援他。我百般思考之後，決定偽裝身分潛入。」

「怎……怎麼會有這種事。」

從尤恩口中聽到的事情令人無比驚訝，艾黛兒一句話也說不出來。

「掌握伊斯維亞王后和阿圖爾交換了密約，我決定利用這一點，辭去騎士工作，假裝被人雇用的傭兵潛入。」

「騎士……您辭掉兄長的騎士工作了？」

「是的。」

「為什麼……」

「因為我想再見您一面。」

「唔……！」

出乎意料外的回答令艾黛兒頓時語塞。尤恩雙眼認真，有著絕非開玩笑的魄力。

「伊斯維亞王后派出手下想趁亂殺了您，我就是以其中一個暗殺者的身分潛入，看好時機後做出其他行動，這全部都是為了保護您。」

或許是為了說服艾黛兒，尤恩的表情和聲音令人畏懼。另一方面，艾黛兒冷靜許多，最初的驚訝感過去後，伊斯維亞情緒的變化與她採取的行動，也並非什麼新鮮事。

「我要回宜普斯尼卡城。」

艾黛兒平靜地回答。儘管面臨生命危險，自己的容身之處仍是歐帝斯身邊，她的心正在傾訴著「想待在他身邊」，不能只有自己逃跑，而且現在也是如此。

「即使您回宜普斯尼卡城也只有危險而已，即使歐帝斯王打敗阿圖爾，也不知道伊斯維亞王后派來的人潛藏在何處。」

「奧斯特洛姆的騎士們很優秀，我相信大家。」

「我可是從那些騎士手中奪走您，並成功把您帶到這裡來。」

尤恩挑釁般說出這句話，無法想像出自於溫柔的他口中的話，這令艾黛兒語塞。

「而且，或許阿圖爾已經獲勝了。」

「不可能，陛下不可能會輸，我要回去歐帝斯大人身邊。」

艾黛兒立刻回嘴。

「我們一起逃跑吧，您終於得到自由了，幸運女神都站在我們這一邊。」

出乎意料外的提議讓艾黛兒無言以對，艾黛兒想試探眼前這位青年的意圖。他定睛注視著自己，從他眼中感受到強烈的意志。

「我心悅於您。」

「……！」

平靜的聲音十分響亮。

「一直、一直愛慕著您，我原本打算在與奧斯特洛姆的戰爭中建功，接著提出請您降尊紆貴下嫁的請求……艾黛兒……」

他的聲音中富含熱意，而艾黛兒已經知道這份熱意的真面目，與無數次從丈夫身上得到的情愛相同，這讓艾黛兒無法動彈，只能驚呼。

「您不需要繼續為澤斯和奧斯特洛姆犧牲下去，我們逃走吧。逃離伊斯維亞王后，也逃離奧斯特洛姆的國王；在現在這個混亂的時期，這點是可行的。」

尤恩更加激動地對著眼前一句話也說不出口的艾黛兒說。

晴天霹靂。艾黛兒從來沒想過，眼前的他竟然把自己當作一名異性看待。

「您不再需要忍受奧斯特洛姆王的欺凌了。」

「才沒有……」

「什麼……？」

艾黛兒拚命搖頭。不是，才不是這樣，歐帝斯不是殘酷的人，他給自己好多東西，艾黛兒非常清楚他看似冰冷的雙眼深處藏著溫柔。

「我愛慕著歐帝斯大人。」

「怎麼可能……您說謊。」

尤恩相當錯愕。

「我沒有。」

「為什麼！那種蠻族的王……您要說您愛上那種蠻族的王了嗎？為什麼總是您犧牲！您……您只是被利用、遭受過分的對待……最後在無依無靠的奧斯特洛姆王宮中，被設計產生這種錯覺而已！」

「不是這樣……那位大人非常溫柔……即使知道我是假冒身分的王女，仍為我準備了容身之處，他的眼中有我，我非常信賴那位大人。」

「騙人！我不相信！我一直看著您！一直、一直，一直只看著您一人！」

尤恩越說越大聲，空氣因他的激動震盪。

艾黛兒害怕起來，感覺眼前的他彷彿完全陌生的男子。他到底是誰？熟悉如溫柔兄長般的青年，正對自己傾訴無從隱藏起的愛意。

他的感情變化令艾黛兒顫慄，不能繼續碰觸下去，艾黛兒的腦海中敲響警鐘。

「我是奧斯特洛姆的王后，不再只是艾黛兒了。我得要回去宜普斯尼卡城才行。」

「公主！」

「尤恩大人，非常感謝您方才救助我的性命。當時在城中襲擊我的那些人，正是伊斯維亞王后派出的刺客對吧？」

「……是的，沒錯。王后命令他們將您帶到她面前，她這次絕對要親眼看到您被殺死。」

恐懼的自己在心中一隅發抖，但是不能逃跑。不能把手放在眼前的青年手上，艾黛兒所冀望的只有一個。

「對不起，我已經選擇自己的歸處了。」

「是奧斯特洛姆，是黑狼王的身邊嗎？」

「是的，我深愛著那位大人。」

艾黛兒平靜的聲音在狹小房內顯得特別響亮，她的紫色雙眼不可思議地寧靜，這對她來說已是理所當然的事實。

聽到艾黛兒心歸何處的尤恩，表情立刻扭曲。

「為什麼！我也一直注視著您，比那個男人更早就注視著您！我好想拯救可憐的您！讓我們一起出國，逃到伊斯維亞王后鞭長莫及的地方去吧。雖然我沒辦法保證給您優渥的生活，但即使如此我也能養活您！」

「對不起，我得走了。」

既然無法回應他的心意，就不能繼續待在這邊。雖然不清楚這是哪裡，但總之只能先回去。在艾黛兒起身朝門口走去時，她的手被人抓住。

「不行！艾黛兒！」

「尤恩大人！」

兩人的聲音交疊，尤恩從背後緊緊抱住艾黛兒。艾黛兒立刻被他轉過身去，身體被強壓進他的懷中。

「不要！」

艾黛兒立刻掙扎著想逃脫，但尤恩文風不動。

「我也愛著您，比那個男人更加、更加深愛您！那個男人只是以政治聯姻為由，強行將您困在身邊而已。」

「才沒那回事！歐帝斯大人注視著我這個人，他給予我非常多的東西，他說我不是罪惡的證據，認同我這個人的存在。」

他肯定自己是可以存在於世界上的人，是歐帝斯消除了艾黛兒心中的罪惡感。而他自己也把各種感情壓抑在內心深處，越深入理解他，艾黛兒越愛他。

艾黛兒再次掙扎想掙脫尤恩的懷抱。

感覺尤恩吞了一口氣，手臂更加用力。自己敵不過他的力量。如果會這樣被奪走自由，那尤恩也跟剛剛襲擊她的人沒兩樣。

「求你……放開我。」

「不要……放開您，您就會離我遠去。我好不容易才終於親手把您搶回來了啊。」

不對，根本不是搶回來。艾黛兒的心在歐帝斯身上，為什麼尤恩無法理解呢？艾黛兒的眼中浮現淚光。

就在此時，房門伴隨著刺耳的聲音被打開。

「尤恩，把那個女人還回來！」

闖入房內的人邊說邊朝尤恩猛力衝撞，尤恩失去平衡，抱著艾黛兒一起倒地。

尤恩還來不及調整姿勢，男人由上而下踩踏他的背。這個衝擊讓艾黛兒差點跟著被壓扁，但尤恩努力撐住沒讓艾黛兒承受太大衝擊。

男人踹了尤恩好幾腳，不知第幾腳時，尤恩不禁悶哼。

即使如此，他仍轉過頭朝上看向男人。

「你為什麼……會在這裡。」

「這種事情無所謂，你這個礙事者快滾。」

男人發出殺氣騰騰的聲音迅速環視室內，發現擺在房間一角的小刀後，拿起小刀高舉過頭，一連串的動作沒有任何破綻。從他的舉止，艾黛兒領悟到他和尤恩同樣是慣於戰鬥的人。
小刀在燭光反射下發出鈍色光芒，感覺男人的動作彷彿慢動作播放。
尤恩轉動身軀，採取低姿勢朝男人身體衝撞。兩人發出巨大聲響一起倒下，接著扭打成一團。艾黛兒鞭策自己僵直的身體，好不容易坐起上半身，察覺此時的尤恩赤手空拳。
男人朝尤恩揮刀，尤恩雖然努力閃躲，但最後仍被刺中背部。
「尤恩大人！」
男人毫無情緒地拔出深刺在尤恩背上的刀，將他踹倒在地上。
艾黛兒清楚明白男人關注的對象已變成自己，他的眼中帶著陰沉的情緒。
「這不是公主大人嘛，貴安呢。您應該不認識我，但我可是對您非常熟悉呢……艾黛兒王后。」
男人身穿木棉布襯衫與深色褲子、毫無個人特色的裝扮，他的站姿沒有破綻，發音也很標準，無從隱藏他良好的教養——但他眼中燃燒著危險火光。
艾黛兒不自覺背脊發顫往後退了一步，可是房間狹小，牆壁和床鋪擋住了她的退路。
「艾黛兒……快逃……那傢伙是……巴……涅特……」
「尤恩大人……不、不可以，您別再說話了。」
下方傳來尤恩不清不楚的聲音，鮮血從他的側腹不停湧出。

「我的母親被妳害得關在大牢，巴涅特家也失去了在宮殿中的地位。為了再度贏得伊斯維亞王后的信任，必須拿妳的人頭來換。」

這句話讓艾黛兒知道他是誰了，他是巴涅特夫人的兒子，也正是伊斯維亞派來的刺客。

男人步步逼近，艾黛兒努力要自己別害怕發抖，得設法從他手中逃脫才行，要不然尤恩會死掉。但該怎麼做……艾黛兒拚命思考。巴涅特緩緩舉起握住刀的手。

「澈底玷汙妳攏絡黑狼王的身體或許也很有趣，讓妳品嘗絕望後再殺了妳吧！」

男人舔舐嘴唇。

「不要……你別過來。」

男人往前踏出一步，面對手拿凶器的襲擊者，艾黛兒無計可施。就在她以為只能絕望的時候……

「唔……」

男人倏然停下動作倒下。

艾黛兒看見敞開的房門外有人現身，那個男人朝巴涅特的脖子擲出某種東西。

「艾黛兒！」

「歐帝斯大人……」

出現在敞開房門外的人是歐帝斯。

「艾黛兒，妳沒事吧？」

他急忙跑到艾黛兒身邊，接著緊緊擁抱她。

被歐帝斯擁入懷中的艾黛兒，戒慎恐懼地環抱他的背。他真的在這裡，他還活著，他現在緊緊擁抱著自己。

「陛下……您平安無事……」

「對，王城和王位都守住了。先別說我，妳有沒有受傷？有沒有哪裡痛？」

聽到這個問題後，艾黛兒用力抬起頭。

「陛下！救救尤恩大人，拜託您救救尤恩大人！」

尤恩選擇潛藏在盧庫斯平民區中所謂的花街裡，被視為愛情賓館的這個地方，就連老闆也很少追究顧客的隱私。

歐帝斯這次之所以可以順利找到這個地方，是因為他們故意放走部分在宜普斯尼卡城中遭到逮捕的襲擊者，讓這些人幫忙帶路。

艾黛兒沒想到歐帝斯會親自來救她，但她當時真的打從心底鬆了一口氣。

回到王城後，艾黛兒洗熱水澡淨身，王城內寧靜的氛圍，讓人無法想像這裡在不久前才剛發生謀反。

換掉衣服的艾黛兒站在窗邊，失神地眺望著外頭的景色。

背後傳來呼喚的聲音，她轉過頭去看見歐帝斯。

「艾黛兒。」

他緩步走到艾黛兒身邊，雙手碰觸她的臉頰。艾黛兒被他輕輕拉近，身體靠在他身上。真心感受「啊啊，我真的回來了」。輕柔掃過鼻腔的氣味，是他身上熟悉的氣味。

「妳可知我能把妳找回我的懷中，我有多麼安心嗎？」

他的心意彷彿從緊密的擁抱中傳遞過來。

艾黛兒輕輕閉上眼。

現在，好想把一切全部交付給他。

漫長的一天終於結束了。

七

在即將正式步入冬季，偶爾會吹來冰冷寒風之時，宜普斯尼卡城也找回平靜的日常生活。季節流逝，艾黛兒最近穿著溫暖宮廷服的次數也逐漸增加了。
歐帝斯為了阿圖爾謀反的事後處理奔走，忙得不可開交。
另一方面，艾黛兒相較有空閒，過著悠閒的生活。偶爾會應他的要求出席餐會，也會和宓爾特亞一起參加慰勞活動或貴族婦人的聚會。
「琳蝶，好吃嗎？」
「嗯，好吃，甜甜的非常好吃呢。」
艾黛兒今天和琳蝶兩個人一起享受下午茶時光。琳蝶在那個事件後失去活力，阿圖爾對她來說是很溫柔的叔父，而叔父想要奪取王位——大概還無法消化這件事情，她最近常常發呆。
或許也和路貝盧姆因為這次的事情正式成為王室軍隊一員的事情有點關聯。
路貝盧姆會先以見習生身分，和其他見習騎士的少年們一起共同生活。雖說是王族，但也沒有特別待遇，和家人會面的時間十分有限。宓爾特亞有點不捨地送他離開。
「如果有我能做到的事情，妳儘管開口喔。」
「什麼……？」
「我想要和妳變得更要好。」
「嫂嫂大人，謝謝您。」
琳蝶笑了，雖然還帶著些微落寞，但她肯定不想讓別人察覺這點。艾黛兒勸她多吃點心，今天的點心是從國外送來的。把堅果敲碎之後用做成絲線般的麵衣包裹起來，下鍋油炸至香酥，最後再浸泡蜜糖。

「歐帝斯大人偶爾會替我訂購國外的點心，他訂了非常多，所以我想肯定是也想讓妳品嘗看看。」

「兄長大人嗎……？」

艾黛兒朗聲說明，琳蝶露出呆愣的表情。

就在她們這樣漫無目的地邊聊天邊享受歡樂時光時，女官前來通知她們歐帝斯正朝這裡過來。

「歐帝斯大人，怎麼了嗎？」

當艾黛兒想起身迎接時，歐帝斯笑著制止她。

「我是來接妳的，也來看看妹妹的狀況。」

「看我？」

突然聽見提到自己，琳蝶嚇得驚呼，接著慌慌張張地閉上嘴巴。

「我昨天去看路貝盧姆，陪他練劍之後，他拜託我也來看看妳。」

「他和陛下切磋了……」

「現在喊我哥哥也沒關係的啊……」

歐帝斯有點傷腦筋地說著。
「啊，好……哥哥。」
歐帝斯也在桌旁坐下，兄妹倆彷彿窺探著彼此的態度，只是保持沉默。
「歐帝斯大人買給我的點心，琳蝶也說很好吃，吃得很開心呢。」
艾黛兒自然地幫忙說明，歐帝斯也笑彎嘴角。
「這樣啊，那真是太好了。」
「謝謝哥哥。」
而琳蝶似乎還很緊張，道謝時視線還徬徨無措。
「那麼，琳蝶現在在學習什麼呢？」
歐帝斯邊喝茶邊開口問妹妹。
琳蝶大概沒想到會被歐帝斯問這種問題，頓時語塞看著艾黛兒。艾黛兒對她微笑點點頭，她戰戰兢兢地開口：
「那個，歷史或外語……最近還學刺繡之類的……？」
「我和她正在一起縫劍帶喔，陛下。」
「劍帶啊。」
「是的，我要……做給路貝盧姆。嫂嫂大人要做給陛……不對，那個……要做給哥哥。」

「琳蝶……」

艾黛兒慌張地揮動雙手，其實她瞞著歐帝斯準備，想要送給他當作冬天的禮物。

「啊，糟糕。」

過度專注在對話上的琳蝶這才發現自己不小心說溜嘴，小聲說著「嫂嫂大人，對不起。」向艾黛兒道歉。說出口也沒辦法了，艾黛兒微笑回「沒關係啦」。

「這樣啊，艾黛兒縫了劍帶要給我啊。」

「那個，還請您別太期待。刺繡的針腳有點不太好看……」

「但是但是，嫂嫂大人繡得很漂亮喔！我繡得就很糟糕，糟糕到我很擔心路貝盧姆不知道肯不肯收下！」

琳蝶努力幫艾黛兒說話，看來她似乎不太緊張了。

「妳送劍帶給路貝盧姆，他收到肯定會很開心。」

「如果是這樣就好了……」

「琳蝶，別擔心。」

私人茶會又持續一段時間後才解散，歐帝斯說有事才來接艾黛兒，艾黛兒在腦海中反覆回想今天早上楊尼希克夫人對她說的預定行程，想著：「有什麼急事嗎？」與鄰國大使的午餐會預定在明天，和宓爾特亞一起前往盧庫斯街上的大教堂，則是三天後的事情。

艾黛兒跟著歐帝斯往宜普斯尼卡城的深處走去，歐帝斯帶著她走到之前不曾來過的地方，艾黛兒感到很不可思議。

「到這裡來有什麼要事嗎？」

「我認為，我應該是心胸相當寬大的丈夫。」

歐帝斯停下腳步低頭看艾黛兒。

「前面是大牢，但這裡是貴族用的監牢，裡面環境並沒有太惡劣。尤恩的傷勢已經恢復許多，再過不久就要遣送他回澤斯了。」

阿圖爾和伊斯維亞交換的密約立刻通知澤斯國王，歐帝斯逮捕了巴涅特夫人的兒子以及其他以金錢雇用的男人，留做證人。

為了這一次真的要讓伊斯維亞從政治舞台上完全消失，歐帝斯下令澈底蒐集證據。尤恩身為很有價值的人證，不能讓他死掉，所以讓他休養生息。

「那麼……尤恩大人的傷勢回復了對吧？」

「是，我先前對妳說過傷勢避開要害，靜養後他已經恢復到可承受旅途的程度了。我要他回澤斯國內再次替伊斯維亞王后犯下的罪作證。在那之後，尤恩會受到怎樣的對待，全權交給那個國家決定。」

「那個……真的非常感謝您……寬容的體貼。」

尤恩擄走一國王后，原本該在奧斯特洛姆接受嚴厲的懲罰。但關於這件事已經下了封口令，因為可能傷害到艾黛兒的名譽。歐帝斯擔心這件事傳出去，口無遮攔的人們會隨便流傳王后的謠言。

對外公開的內容為「那天艾黛兒在騎士的靈機應變下前往城外避難」。

歐帝斯心情複雜地皺起眉頭。

「其實我真的不想讓妳和尤恩見面。但是……這是最後一次了。今後妳再也無法和尤恩見面……如果妳想見他，我會允許妳和他會面。」

這是窺見歐帝斯嫉妒心片鱗的一句話。

艾黛兒沉默，那天，尤恩從王城帶走艾黛兒，對她傾訴心意，想帶著她一起逃走。第一次聽見他的愛意讓艾黛兒感到晴天霹靂，很是困惑。

艾黛兒無法回應他的心意，艾黛兒愛著歐帝斯，這是她心中最純粹的想法。

「我……」

「我先說了，我不會讓你們獨處，會面時我也會在旁邊。」

彷彿想表達只有這點無法退讓，歐帝斯立刻斬釘截鐵說道。

再怎麼說要單獨見面都讓艾黛兒遲疑，因為她還不太清楚到底該用什麼表情與尤恩接觸。

他和自己之間的心意有很大的差距，對艾黛兒來說，尤恩是個時時刻刻高潔的騎士。他同情立場卑微的艾黛兒，對她伸出援手。在澤斯冰冷的宮殿中，有人願意關心自己，這件事給艾黛兒很大的鼓舞。

「尤恩大人他……對我……表白了他的心意。」

艾黛兒在此第一次對歐帝斯說她被帶走之後發生的事情，先前雖然提過大概，但她至今無法將尤恩的心意在誰身上這件事情說出口。

「……這還是我第一次聽到。」

歐帝斯的聲音低沉了幾分，好久沒聽見他發出這般冰冷的聲音了。

「我沒有責備妳，我早就知道那個男人的心在妳身上。」

看見艾黛兒稍微縮起身體，歐帝斯放柔聲音，溫柔地將艾黛兒擁入懷。接著一如往常地溫柔撫摸她銀色的秀髮。

「我不會逼問妳當時和尤恩之間有怎樣的對話，妳現在在我身邊，回到我身邊來了，這就夠了。」

歐帝斯抬起艾黛兒的臉，輕輕貼上她的唇。只是輕觸的吻如輕柔的白雪般柔柔地騷動胸口。

「如果妳不想見也沒關係，交給妳決定。」

「……好。」

「但是……妳很掛心對吧？我早就看穿了妳心裡想著我以外的男人的事情。」

「那是因為……因為尤恩大人受傷，而且……我不清楚他復原得怎樣。」

「我明白，即使如此，男人還是會嫉妒。」

歐帝斯半開玩笑地如此說道，他在極近距離低語，被他嘴唇碰到的地方逐漸發熱。

看來他沒有生氣，只是感覺不太開心。艾黛兒心裡會想著尤恩，除了擔心他的傷勢之外，也希望可以得到他的認同。

歐帝斯不是西方人所主張的蠻族之王，他有理智且公正，是很為人民著想的好國王，且對政治聯姻嫁過來的自己相當用心。

艾黛兒希望一直守護著她的尤恩明白，他，奧斯特洛姆的黑狼王，是一位非常適合立於眾人頂點的君主。

「我想要待在歐帝斯大人身邊，一直和您站在一起。」

「如果妳不在我身邊就傷腦筋了啊。」

歐帝斯笑道。他已經確信艾黛兒的心確實在自己身上。

「我想要見，想見尤恩大人。」

「好。」

艾黛兒下定決心後踏入大牢。

◆

尤恩被巴涅特刺傷之後，再次睜開眼睛時察覺身處陌生的小房間中。乾淨的寢具與睡衣，身上仔細包裹上的繃帶。

尤恩瞬間領悟奧斯特洛姆的國王決定讓他活著，因為照顧他的人全都是黑髮。

傷口癒合之後，尤恩就被轉送到貴族用的大牢。時間流逝的速度緩慢，尤恩有很多思考的時間。大概在他被刺之後立刻有人前來救援，艾黛兒已回到歐帝斯身邊。

不可思議的是他心情平靜，只能接受現在的狀況，這太可笑了。結果，自己只是被伊斯維亞和巴涅特玩弄在掌心中而已。現在回想起來，入侵奧斯特洛姆國內的過程太順利，而且他會聽到阿圖爾在澤斯國內有不明舉動的消息，本身就是件怪事。

伊斯維亞大概察覺了尤恩的心思，於是便想利用這一點，反正只要能達到殺死艾黛兒的最終目的就好。尤恩一直被監視著，但他自己沒有發現，甚至還因為即將可以搶回艾黛兒而興奮雀躍。

在他身體狀況穩定，開始對無法動彈的生活感到焦躁時，歐帝斯出現在他面前。第一眼見到時，尤恩內心產生強烈嫉妒，因為眼前這個男人搶走了艾黛兒。

長久以來守護的少女選擇了這個對象，她說她愛這個男人。可憐的艾黛兒，長年遭受不當對待，還因為國家因素被迫嫁給黑狼王，尤恩一直很想拯救她。

所以面對來見他的歐帝斯，他只能擺出冷淡的態度說：「有什麼事？」

歐帝斯對尤恩不敬的態度皺眉，拋下一句：「你就是尤恩啊……聽說你在澤斯時非常關心艾黛兒。」

他們兩人大概都已確信「我跟這個男人合不來」，此時歐帝斯的藍眼、表情，皆非奧斯特洛姆國王，只是個單純的男人。

「是的，我從很久以前就一直愛慕著艾黛兒王女。」

尤恩挑釁地開口，兩個男人之間火花四射。雖說如此，尤恩現在仍無法離開床鋪。

「你帶走艾黛兒打算做什麼？該不會要說是為了殺了她吧？」

「……我為了從你身邊搶回艾黛兒王女而行動……雖然結果只是被王后玩弄在手掌心中而已。」

「正是如此，我們逮捕的人坦白了，伊斯維亞王后為了確實殺死艾黛兒而設下多重陷阱。」

「……即使如此，我也認為我們有辦法逃走。」

身為騎士，尤恩下了不少苦功，他有自信能保護心愛的少女。尤恩說完後，歐帝斯瞇起眼來。

「我不會輕易把艾黛兒交給你……我讓你活著的理由只有一個，要你替伊斯維亞王后做出的壞事作證。」

「你想要我作證？那傢伙呢？巴涅特那傢伙，他可是直接收到王后的命令。」

巴涅特家現在已陷入絕境，王后在巴涅特夫人回國後嚴厲懲罰她，宮廷貴族們也藉機削弱巴涅特家的勢力。

這次會送巴涅特家的男人來暗殺艾黛兒，是伊斯維亞給他們家挽回名譽的機會。他為了家族，為了母親答應了伊斯維亞的提議。他也想到，如果阿圖爾獲勝，兩國之間的關係也會出現變化。

「別擔心，他活得很好，我也會讓那傢伙回澤斯作證王后與阿圖爾的關係。」

歐帝斯又接著說：「但這樣還不夠，為了確實讓伊斯維亞徹底失勢，除了我掌握的證據之外，也需要你的證詞。」

「你要好好作證那女人的手下想要殺了艾黛兒，我絕對不會讓那個女人再有機會對艾黛兒出手，藉這次機會必須盡可能削弱伊斯維亞王后的勢力。」

「你……對艾黛兒王女、對她——」

「當然，我愛艾黛兒。」

尤恩坐在床上不甘心地咬唇，負傷的身體根本無法和居高臨下俯視他的歐帝斯決鬥。身為一個騎士，他真的很想為了喜歡的女人戰鬥。

這男人有多愛艾黛兒？他的心意比自己更加強烈嗎？明明有很多話想說，結果一句話也說不出口。

「我無法干涉你在澤斯國內作證之後會有怎樣的下場，我對外公布了艾黛兒那天是到城外避難。」

歐帝斯最後自言自語般小聲說完後，離開房間。

在那之後，尤恩一如往常地獨自療傷。診斷他療傷狀況的醫生以「需要複數人監視他」為條件，同意他可以外出呼吸新鮮的空氣。歐帝斯似乎也下令要讓他好好恢復體力，想將他遣返澤斯也需要他有足夠的體力。

躺在床上的時間讓他的體力和肌力下降，就在他為了恢復而開始進行基礎訓練不久後，意外的人物出現在他面前。

「尤恩大人，久疏問候了。」

身穿美麗宮廷服，盤起一頭白銀秀髮的艾黛兒站在他面前。她的紫色雙瞳與自己顏色相同，卻感覺比任何寶石還美。尤恩以為再也見不到她，而她現在來到尤恩的房間。

「……艾黛兒王女，怎麼了嗎？」

「她是我的妻子，不是王女，喊她王后。」

同樣來訪的歐帝斯立刻提醒他，他一臉理所當然地緊貼在艾黛兒身邊。愛慕同一位女性的兩人，一瞬間迸發火花。

尤恩沒辦法只好重喊「王后殿下」，說服自己這是成熟大人的應對。

「……我聽說您再過不久就要離開奧斯特洛姆了。」

艾黛兒的眼睛些許動搖，大概因為自己強迫她接受心意吧。尤恩感到有點落寞，自己的心情對她來說只是負擔。

「是的。」

「……您的傷可以痊癒……真是太好了。」

「我運氣好，除了沒有傷到要害，也受到非常悉心的照料。」

「您當時流了非常多血……我很擔心。」

艾黛兒說完後低下頭不語，室內瀰漫著沉默。

尤恩看著她，她今天為什麼會來這裡，只是因為擔心，以及來道別的嗎？

靜靜在旁守護後，艾黛兒終於下定決心後開口：

「尤恩大人……我現在很幸福。我確實是因為政治聯姻而嫁到奧斯特洛姆來，一開始感到很不安。」

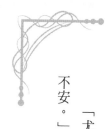

她努力地想告訴尤恩些什麼，不對，不是「什麼」，已經有預感她要說什麼，尤恩的心先開始痛起來。

「歐帝斯大人試著想要了解我，而我也開始想要更了解歐帝斯大人。而且，王太后殿下、琳蝶殿下和路貝盧姆殿下都對我非常好……所以我……我現在才能在此展顏。」

艾黛兒緩語的聲調相當平靜，她紫色眼眸中已經沒有不安與恐懼。

看見她的變化，尤恩更加落寞了。總是縮成一團發抖的少女，在奧斯特洛姆這塊土地上找到棲身之處了。這個事實不由分說地擺在他面前。

「因為有歐帝斯大人才有現在的我，他勇敢溫柔且強大，非常可靠。他是為人民著想的君王，我今後也想繼續以王后的身分走在他身邊。」

「……您稍微……不對，是變得非常堅強了呢。」

艾黛兒的變化令尤恩不禁微笑，感覺眼前的少女突然變成自己不認識的人。

明明一直以來守護著她，明明是自己更早認識她，結果直到尤恩自己開口之前，她都沒有發現尤恩的心意。

如果更早對她告白，兩人的未來是否會有不同？如果在她決定結婚時鼓起勇氣告白，向她提議一起逃跑呢？

明明是尤恩先一直在旁守護她的，這是為什麼呢？心中想要鬧彆扭的同時也有個「因為自己的心意完全沒讓她明白啊」而看破現實的自己。

「我能變得堅強，全部都是歐帝斯大人的功勞。」

艾黛兒露出慈愛寶物的表情，尤恩胸口一陣刺痛。他一直想要守護眼前這位美麗公主，這個可憐的少女，希望帶給她幸福。

「艾黛兒王……后殿下。」

尤恩熱切地注視著艾黛兒，其實他現在仍對她有滿腔心意，努力壓抑著自己想哀求「能不能再給我一次機會」的念頭。

大概感受到他眼中燃起的熱火，艾黛兒臉頰有點僵硬，歐帝斯發現她的變化，伸手環抱她的背。

「我想要讓您以及其他西方諸國的人，更加了解奧斯特洛姆與歐帝斯大人。這個國家不是大家想像中的那樣。」

她以王后的身分告訴尤恩答案。站在眼前的人已經不是那位柔弱不幸的少女，而是以歐帝斯之妻身分，支持他、陪伴他的王后。

（我只是死不認輸而已……）

該是收手的時候了，得清算自己的愛意了。

「非常感謝陛下此次寬大的處置，王后殿下，祝福您平安健康。」

尤恩故意用莊嚴的聲音說。

「我能有現在，是因為在澤斯時有您的幫助。」

「……這句話拯救了我。艾黛兒王后殿下，請您保重。」

「尤恩大人，非常感謝您。」

艾黛兒最後輕輕點頭致意後離開尤恩身邊，結果歐帝斯除了第一句話之外，完全沒插嘴兩人的對話。他自信滿滿的態度真令人火大，他毫不懷疑艾黛兒的心在自己身上。雖然很不甘心，但尤恩與艾黛兒兩人早已走上不同道路。

再也沒機會見到她了。如此一想，一道淚水滑過臉頰。

八

歐帝斯看完澤斯送來的書信後，不經意地看向—窗外，外面的庭院已是一整片白銀世界。

「終於結束了呢。」

格律感慨甚深地說道。

時節早已步入白雪季節，現在剛過新年不久。

「說的也是，許多事情終於塵埃落定了。」

伊斯維亞確定要被幽禁在該國邊境的古城中了，她將在那幾近荒廢的古舊建築物中結束她的一生。

對外公開的罪行是她與阿圖爾聯手想殺了奧斯特洛姆的國王，甚至還派手下潛入王城內想要趁亂殺了王后。

巴涅特企圖殺害艾黛兒的犯行當然也私下告訴澤斯國王了，但隱瞞起尤恩的部分行動。感到愧疚的澤斯，這次真的再也無法袒護伊斯維亞。

雖說如此，澤斯國王也無法將身為他國王女的伊斯維亞處以極刑。結果只能將她驅逐到國家邊陲以削弱她的勢力，也與奧斯特洛姆達成協議。

巴涅特家的結局也相差不遠，爵位交給遠親的貴族家，領地遭到沒收，解散嫡系血親，而想殺了艾黛兒的兒子則是處刑。

「總之這樣就暫時放心了。這樣一來，伊斯維亞王后大概也無法再輕易對艾黛兒大人下手了，她也沒手下可使喚。」

「說的也是，但我沒打算鬆懈對她的監視。」

「那是極寒之地，我已經可以看見被派遣到當地的諜報員的哭臉了。」

格律早早開始同情起奧斯特洛姆即將派出去的諜報員。

歐帝斯已經做好準備，派遣部下前去暗地監視伊斯維亞，這是為了不管那個女人今後有什麼企圖，都能事前得到消息而先做好應對。

「澤斯表示為了表示歉意，要把伊斯維亞王后擁有的領地轉讓給艾黛兒……但我要求的可不是這個啊。」

歐帝斯的聲音更加低沉。

奧斯特洛姆要求這次一定要對伊斯維亞處以極刑，但在無法如願的情況下，澤斯方面提出的交換條件就是以上內容。做為這次的賠罪，澤斯送來昂貴的布料、珠寶飾品，以及僅限艾黛兒本人一代擁有的領地轉讓文件。這是伊斯維亞嫁進澤斯時形式上收下的小領地，現在由代理人管理中。

「人家要給的，就收下不行嗎？」

格律抱著「賣菜的還多送我一把蔥真幸運耶」的主婦心態，因為出馬和澤斯談判的人正是格律，才會發展成這樣不正經的狀況。

「只是增加麻煩事而已。」

「土地有專屬的管理人管理，王后殿下要做的頂多只有確認領地上呈的收入而已，這點也另聘代理人幫忙不就得了嗎？」

「艾黛兒的學習意願高，很可能會說出『我要自己努力』之類的話。如果她真的那麼想學習管理土地的話，在奧斯特洛姆國內找塊適當的土地給她就好。」
「總覺得偏離論點了耶……但說起土地，我們現在確實有很多土地可以用。」
對協助阿圖爾反叛的貴族們的制裁也幾乎全部結束，沒收他們的領地，部分貴族抄家。為了今後不會再出現相同的事情，歐帝斯在這次事件上沒有打算手下留情，而是嚴厲處分。王家的直轄地因此變多，今後將會視臣子的功績適當地分派出去。
而且如果艾黛兒收下澤斯國內的土地，那她書信往來的機會勢必會增加，也就代表歐帝斯可以獨占艾黛兒的時間會減少。
「話說回來，澤斯國王到底怎麼一回事？他對艾黛兒到底關心還是不關心啊，完全搞不清楚。」
歐帝斯對岳父也很多意見，真想大喊要他再多擔心女兒一點，看他似乎覺得只要用物質安撫就好，但重點不在這裡。
「我想應該是關心吧，雖然相當難以體會。」
「誰知道呢。」
歐帝斯不屑說道。
「但終於平靜下來了，和澤斯的談判也告一個段落，今年真心想全神專注在內政上面。」
「是啊，短時間內不想看到戰爭也不想看到反叛了。」

「陛下也一臉不想離開艾黛兒大人身邊的表情嘛。」
「你也想悠閒一段時間吧，你沒有認真和你心意相通的人嗎？」
「別因為自己幸福至極，就想要替人牽紅線啦！」
「我沒有那個意思。」
「明明一開始還說不會對政治聯姻抱持任何夢想的耶。」
朋友這樣沒大沒小地調侃，讓歐帝斯有點尷尬。這樣說來他的確如此想過呢，不禁感慨甚深。等到融雪後，艾黛兒也嫁過來滿一年了。
「我可成了即使是政治聯姻也能美滿幸福的好例子呢。」
在新年輕鬆的氣氛中，也沒太多非得現在處理不可的雜事，現在已經完全閒聊起來了。
在他們漫無邊際聊天時，傳來敲門聲。
「進來。」
現身門後的是楊尼希克夫人，因為有件事情還瞞著艾黛兒但需要確認，所以才會找她過來。格律對楊尼希克夫人致意後離開房間。
她聽完歐帝斯找她的事情之後，回答「其實我也正想要找您商討這件事情。」看來他們兩人有同樣的想法。

終曲

最近不管怎麼睡都睡不飽的狀況變多，睏意比以往變得更加強烈，就連靠在歐帝斯胸膛上時也會不小心打起瞌睡來。

雖然奧斯特洛姆的冬天嚴寒，但室內有暖爐非常溫暖。而且歐帝斯的體溫比艾黛兒高，貼在他身上時暖呼呼地很舒服。這段時間，艾黛兒常常靠在他胸膛上靠著靠著就睡著了。

「艾黛兒最近很能睡呢。」

「不知道為什麼老是覺得很睏。」

如此對話過後幾天，歐帝斯突然問她：「妳的月事是不是遲了？」

艾黛兒沉默了一會兒，開始算起最後一次月事是什麼時候來的。

與姊姊薇蒂亞相較，艾黛兒初潮來潮時間較晚，且她的月事本身容易遲到且時間不定。特別是剛結婚那時身心多有變化，這個現象也比先前更加顯著。

「這樣說起來，已經差不多兩個半月沒來了耶……？」

「請御醫來看一次比較好吧？」

歐帝斯的聲音帶有些微期待，把身體靠在他胸膛上的艾黛兒有點遲疑。如果真的只是月事遲了，越期待失望也會越大。

「妳最近很能睡，而且體溫也比平常高。味覺的喜好似乎還沒有出現改變……但我聽說這也有個人差異。」

關於艾黛兒的身體變化，歐帝斯比她本人還要敏感，他似乎比艾黛兒更早察覺可能性。

「好的，我聽從歐帝斯大人的意見。」

「妳不需要有負擔，只是為了慎重起見。」

這樣說起來，最近歐帝斯晚上也貫徹謹守分寸的態度，現在也沒褪下睡衣，只是躺在床上抱著艾黛兒。

他換了一個姿勢，讓艾黛兒躺在床單上，彼此側躺面對面，接著把艾黛兒拉近懷中。

（我和歐帝斯大人的寶寶真的已經來到我的肚子裡了嗎？）

近期確實明明有充足的睡眠，但白天仍然眼皮沉重，接連好幾天都感覺有氣無力。

艾黛兒窩在歐帝斯懷中偷偷看了肚子一眼，感覺很不可思議。自己絲毫沒有任何自覺，但肚子裡真的已經有孩子了嗎？

（但是，如果真是那樣……）

雖然還半信半疑，但一想到這裡也不禁笑彎眼。

「怎麼了？」

歐帝斯似乎感到些許震動，艾黛兒慌慌張張回答「沒有什麼。」

隔天，御醫前來替艾黛兒檢查。

檢查結束後，御醫表示還不能十分確定，但艾黛兒很可能已經懷孕了。艾黛兒的手無意識貼上肚子，輕輕撫摸但沒有反應。肚子還很平坦，所以也是理所當然。

就在艾黛兒如此直盯著肚子瞧時，歐帝斯趕來。

「艾黛兒，我聽說妳懷孕了。」

「歐帝斯大人。」

艾黛兒眨眨眼，現在是他平常處理公務的時間，但他一副心急如焚的模樣，趕來艾黛兒身邊。

「陛下，在確認胎動之前還沒有辦法給出確切答案，但我想應該十之八九沒錯。」

御醫的語氣不疾不徐，他的眼神很柔和。

「這樣啊，我的孩子……」

歐帝斯來到艾黛兒面前，當場屈膝跪地，他的手輕輕撫摸艾黛兒的肚子，呵護著她的溫柔動作狠狠揪住艾黛兒的心胸。

艾黛兒突然好想哭，不知道為什麼，眼淚溢出眼眶，最後終於一滴一滴往下滑。

非常不善應付妻子淚水的歐帝斯慌張得不知如何是好，只能用手指擦拭艾黛兒眼角的淚水。

「艾黛兒，別哭，快別哭了。」

「我、我的肚子裡……有我和陛下的孩子嗎？」

「是啊，沒錯。」

再來就說不出話來了。歐帝斯只能不停替再次哭成淚人兒的妻子拭淚，都要她別哭了，她的淚水仍沒有止住的跡象。

即使如此，當艾黛兒的手輕輕貼上肚子時，歐帝斯的大手從上覆蓋住艾黛兒的手。

「孩子終於來到我們身邊了呢。」

「是啊，他選擇了我們，來到妳的肚子裡，我們要悉心地養大他。」

「好。」

艾黛兒細細咀嚼丈夫說出口的話，她覺得這是兩人一起呼喚來的生命。

才剛過新年立刻有了喜事。

過不久之後，艾黛兒開始對燒烤肉類以及麵包的氣味敏感起來，越來越沒有食欲。歐帝斯對此大為不安且擔心，他不惜金錢與勞力為妻子從國外訂購水果，費盡心思希望可以讓艾黛兒過得舒服一點。

在孕吐趨緩，肚子也逐漸突起時，艾黛兒收到很多祝福，最驚訝的是收到澤斯國王親筆寫的書信。

宓爾特亞也對艾黛兒的第一胎很關心，偶爾也會規勸歐帝斯過度保護的行為。身為四個孩子母親的宓爾特亞，她的存在是艾黛兒堅強的後盾。

琳蝶和路貝盧姆也萬分期待小寶寶誕生，心急的琳蝶還卯足幹勁地宣示如果生下來的是王女，她就要當護衛騎士，這讓宓爾特亞和歐帝斯很傷腦筋。

接著又過了幾個月，艾黛兒生下活力十足的男孩。

一頭黑髮，藍眼中帶著些許紫色的王子誕生，讓全國舉國歡騰。

艾黛兒在剛出生的小嬰兒身邊刺繡。當她替兒子縫製新生兒穿的衣服時，丈夫有點鬧彆扭，說希望艾黛兒也替他縫製些什麼。為了實現帶給自己寶物的丈夫的願望，艾黛兒正忙著在新飾帶上刺上王家紋章。

短暫的夏天即將結束，窗外的樹木沙沙搖晃。

再過不久，秋天的涼冷也將乘風而來。

今年冬天肯定會很熱鬧。

艾黛兒看著在搖籃中忙碌揮動手腳的兒子，靜靜微笑。

番外篇　伴隨搖籃曲的風聲

歐帝斯結束與重臣們的會談後，直接朝城內走去。

奧斯特洛姆的冬日漫長，大地被冰凍的白雪覆蓋，大家都迫不及待期待春天的到訪。

陽光穿過窗戶照進來，臉轉過去看外頭。覆蓋在屋頂上的白雪閃閃發亮，這讓歐帝斯想起艾黛兒的色彩，讓他不禁笑彎嘴角。

妻子腹中有自己的孩子，這是第一胎，現在懷孕四個多月的她在宜普斯尼卡城的最深處，在眾人包圍下小心翼翼地過生活。

因為她的身體出現不少變化。

「陛下，你該不會又打算要去看王后殿下了吧？」

「格律，你有意見嗎？」

歐帝斯不悅地側眼怒瞪朋友兼心腹，因為他的聲音中參雜著揶揄的語氣。

「真是的，你也太過度保護了吧？」

「艾黛兒的肚子裡可是有我的孩子耶。」

「已經是為人父的臉了呢！」

「我都要當父親了，這還用說。」

「你這樣害羞起來，可全沒了威嚴呀。」

「威脅我說『老是擺出嚴肅表情，如果肚子裡的孩子是女兒，會把女兒嚇哭』的人不就是你嗎？」

「因為陛下被琳蝶殿下保持距離嘛，這可是現在進行式。」

話一至此，歐帝斯頓時語塞，因為被格律說中了。因為先前不太有交流，說歐帝斯是自作自受也無法反駁。

「我最近有很積極找她說話。」

「但她超級無敵害怕就是了。」

邊走邊沒大沒小地你一言我一句時，威奧斯與兩人會合。他也輕易猜想到歐帝斯的行動。掌握一天預定行程的兩位心腹，當然很清楚歐帝斯的空閒時間，也知道他會利用這個時間上哪去。

「今天天氣很好，希望王后殿下的心情也能很好。」

「孕吐讓她很不舒服啊，只有這個我無法代她承受，真是令人焦慮。」

在確定懷孕後不久，艾黛兒的食欲越來越差。她似乎是孕吐特別嚴重的體質，看著她在眼前受苦，歐帝斯也只能焦急度日。歐帝斯唯一能做的，也只有替她找來稍微容易入口的食物而已。

除了陪伴在她身邊以外什麼也做不到，每天只要找到空檔時間就會去看看她的狀況。

「那麼，我先回去分類文件。格律，我們走吧。」

「好啦好啦，威奧斯超會使喚人，真的很傷腦筋。」

兩個朋友說來說去還是會給歐帝斯一些方便，歐帝斯邊感謝朋友邊打開王后房間的門。

有人在唱歌，這是誰的聲音？

溫柔充滿慈愛的女性聲音，艾黛兒曾經聽過。

溫柔擁抱自己的手臂，為了讓自己更好睡而安撫摸頭。在輕聲細語的聲音擁抱中，年幼的艾黛兒貪婪地午睡。

「嗯……」

「艾黛兒，妳醒了啊。」

艾黛兒慢慢睜開眼睛，和殘留耳邊的女性聲音明顯不同的聲音響起，這是男性的聲音。

「歐帝斯大人？」

艾黛兒呆呆地輕語後，感覺到溫柔掌心輕柔撫摸她的頭。

艾黛兒接著確認狀況後猛然起身，沒想到她竟然躺在他大腿上。

「我真是的……真的很對不起。」

「沒什麼，今天難得好天氣。而且妳最近很淺眠，應該很疲倦吧？能入睡時就多睡一點。」

今天確實是奧斯特洛姆冬季中的難得好天氣，澤斯的冬天也大多覆蓋著厚重雲層，艾黛兒想著，這點與這個國家相同呢。

溫暖的室內，感受從藍天照射下來的陽光也讓心情很開朗，和最近這幾天比較起來，今天身體狀況很好。前陣子孕吐意外嚴重，接連好幾天都不太能入眠。

因此才會在打起瞌睡時沉入夢鄉了。

「那個，請問歐帝斯大人有什麼事情嗎？」

不知何時來訪的他或許有什麼十萬火急的要事，如此一想才開口問，他聽到後彎起眼睛。

「我只是想要來看看妳的臉。」

歐帝斯要艾黛兒再次躺下，躺在他的大腿上。雖然已經習慣在他懷中入眠，但躺在大腿上又有點不同。

「那個……」

「怎麼了嗎？」

「我已經睡夠了……」

「這樣啊，妳確實睡得很香。」

聽到歐帝斯如此肯定，讓艾黛兒害臊起來不禁紅了臉頰。

「您別這樣一直看著我的臉。」

「現在講也太遲了吧？妳的睡臉我可是每天看到飽，不，怎麼看都不會飽，我可是每天都看呢，而且這是我的特權。」

歐帝斯態度自然地說出這種只能說在晒恩愛的台詞，聽見明確表達出他的心放在誰身上的話，艾黛兒現在還會心臟揪起來。

「我作了一個夢。」

「夢？」

「對，夢中聽到搖籃曲。那是非常懷念的溫柔聲音。」

「這樣啊。」

歐帝斯的聲音柔和，他的掌心梳過艾黛兒的白銀秀髮。

「肯定是妳的母親吧。」

「對。」

他說出艾黛兒心中的猜測，艾黛兒抱著「真希望是如此」的願望點點頭。

「我也想把那首歌唱給這孩子聽。」

在腦海響起的模糊旋律，那是母親給她的母愛碎片，艾黛兒摸肚子，想把這個送給自己的孩子。

大概因為夢見母親，雖然才剛起床但神清氣爽的。

那是怎樣的一首歌呢？因為記憶模糊不記得歌詞，只隱隱約約記得幾個音，艾黛兒靠著夢中的記憶稍微哼起旋律。

在春天終於蒞臨奧斯特洛姆時，艾黛兒的肚子也逐漸變大。

彷彿像要證明孩子就在肚子裡似的，艾黛兒深受孕吐所苦，有一陣子完全吃不下吐個不停，不過終於也平靜下來了。

融雪後，宜普斯尼卡城的各處洋溢著春天氣息。

「嫂嫂大人，您身體狀況怎麼樣呢？」

「最近狀況好多了。」

「真的嗎？」

來房間找艾黛兒的琳蝶一臉奇妙表情如此問，艾黛兒微笑著點頭。

艾黛兒苦於孕吐之時沒辦法和琳蝶見面，身邊的人對王后懷孕一事過度緊張，所以限制她的行動。

「那麼，我們走吧。」

今天是大司祭造訪宜普斯尼卡城內教堂的日子。

奧斯特洛姆的貴族與富裕的市民也受邀到場，在聽完大司祭傳教後，王族和他們會有短暫的交流時間。兩人邊走邊聊些無關緊要的事情。

「聽說差不多到我選擇朋友的時候了。」

琳蝶踮起腳尖在艾黛兒耳邊小聲說，聽說今天有許多與琳蝶年齡相仿的女孩來參加。

「希望妳可以交到好朋友。」

「這還不清楚。」

一直以來，琳蝶的玩伴只有路貝盧姆，所以她對同性朋友還沒什麼概念。

「肯定會有很好的邂逅。」

「我有嫂嫂大人啊。」

直率景仰自己的琳蝶很可愛，艾黛兒加深笑意。

抵達教堂和宓爾特亞與歐帝斯會合，歐帝斯仍舊發揮出過度保護的態度詢問：「妳身體真的沒問題嗎？」過度擔心的態度甚至讓宓爾特亞都有點傻眼。

雖說是外出，但也是宜普斯尼卡城內的教堂，這裡也安排了許多騎士。歐帝斯完美發揮出過度保護的一面，讓一旁的威奧斯和格律苦笑。

聽完大司祭的傳教後，艾黛兒收到許多人的祝福。

因為這是她懷孕後第一次露面，大家皆卯足幹勁，開口第一句話就是祝福。當然，在被民眾包圍之前，帕迪恩斯的騎士們已在艾黛兒身邊圍了一圈。

大家都對奧斯特洛姆國王夫妻有了新生命感到十分喜悅。

感受大家的喜悅，艾黛兒也非常開心。盡可能也想多和民眾說話的她，在女官們的考量下暫時休息。

雖然還很有精神，但現在慎重一點才好。

離開人群後，在前往事先在教堂附近準備好的房間途中，一段旋律傳入耳中。

（這首歌……）

懷念的音調讓艾黛兒停下腳步。

歌聲沒有停歇，看見王后突然停下腳步，女官和騎士都一臉困惑，但艾黛兒沒有察覺，逕自突然轉了前進方向。

在歌聲的引導下，她往那裡走過去。

在無人的地方有個女人正在唱歌，身上穿著高級的服飾。

「啊……」

發現艾黛兒一行人走過來的女人閉上嘴，她立刻發現艾黛兒身分的高貴而低下頭。

「非常不好意思。」

「不會，不好意思，請問妳剛剛唱的歌是……」

「這是我祖母傳承下來的搖籃曲，我正在唱給肚子裡的孩子聽，只要唱這首歌，心情就會緩和許多。」

女人說著低下視線溫柔地撫摸腹部。

願祝福之風朝可愛的你吹拂。
鳥兒歡唱，風吹綠意，花朵綻放，聽見春日之聲。
在陽光普照下，我衷心祈願。
在我懷中香甜酣睡的你。
願你健康茁壯，願你能和鳥和風一同玩耍。

晚上，艾黛兒坐在搖椅上唱著搖籃曲。

肚子裡的孩子有聽到嗎？

「是搖籃曲？」

「歐帝斯大人。」

艾黛兒抬頭看不知何時走到身邊的歐帝斯。

「對，今天有人教我唱了。」

「今天？」

歐帝斯回問後，艾黛兒說著白天遇到的女性。女性是盧庫斯富商的妻子，聽說她的祖母是澤斯人。她對艾黛兒說她小時候是聽祖母和母親唱的搖籃曲長大的。

「聽說我曾經在夢中聽到的歌是澤斯廣為人知的搖籃曲，是告訴孩子春天來臨的歌曲。」

對歐帝斯說今天有人重新教她唱這首歌的事情後，歐帝斯表情顯得柔和：

「若為春天的歌，那也有其他季節的歌嗎？」

「這樣說也是耶……」

艾黛兒的母親唱的是春天的搖籃曲。

「肯定因為我是春天生的，或許是這樣呢。」

「這樣啊，妳是春天出生的啊。」

「對。」

點頭後，歐帝斯將艾黛兒抱起來。即使艾黛兒肚子大起來之後稍微變重，強壯的他還是能輕而易舉把她抱起來。

「等到這孩子出生之後，我們為他盛大祝賀吧。」

「在這之前要先替妳慶生。」

此刻好幸福，艾黛兒的臉頰磨蹭心愛之人的胸口。

「妳想要什麼東西？」

「您已經給我好多了。」

給了自己容身之處，給了自己愛，以及給了自己肚子裡的孩子。

歐帝斯給了艾黛兒非常多東西。

艾黛兒在他懷中小聲哼起旋律來。

就快要見到這孩子了。

歐帝斯肯定也會寵愛即將出生的這孩子。

「好期待見到這孩子喔。」

「是啊，不管是兒子還是女兒都好，要變得熱鬧了呢。」

艾黛兒要把對季節流轉的喜悅唱給即將出生的孩子聽，她在歐帝斯的懷中再度唱起歌來。

後記

大家好，第一次和大家見面。這次有緣讓我得到在此出書的機會。

這部作品是競賽得獎作品，但在去年此時，我作夢也沒想到這個作品竟然有辦法得獎，而且還能像這樣付梓成書。

就連正在寫後記的現在，我仍緊張得心頭小鹿亂撞。一想像這本書擺在書店的模樣，感到開心的同時也讓我想要大聲尖叫，絲毫無法平靜。

注意到這個作品的責任編輯，感謝您給了我非常多的建議。畫出漂亮封面的vient老師，我想我一輩子不會忘記初次見到歐帝斯與艾黛兒時的感動。

這也是兩人再次在我心中動起來的瞬間。

包括校稿人員以及參與這本書製作的所有人員，真的非常感謝大家。這次讓我重新感受到，書籍製作真的有許多人參與其中呢！

我希望我可以珍重地培養這個緣份。

高岡未來

輕文學
Light Literature

KAKUYOMU網路小說競賽戀愛部門大賞得獎作！

深陷交錯誤會中的甜美寵溺羅曼史！

致未曾謀面的丈夫，我們離婚吧！上、下

久川航璃／著　黛西／譯

蓋罕達帝國的子爵家千金拜蕾塔，是一位具備優秀商業才能及武術實力的才女。她有個結婚八年來素未謀面的丈夫——伯爵家長男，傳聞中是個無比冷酷的美男子，安納爾德中校。當戰爭迎來終結時，丈夫也從戰場歸來。面對拜蕾塔想離婚的期望，安納爾德提出了以一個月為限的荒唐「賭注」——

國家圖書館出版品預行編目資料

黑狼王與白銀人質公主 . I : 在邊境之地得到最愛 / 高岡未来作 ; 林于楟譯 . -- 初版 . -- 臺北市 : 臺灣角川股份有限公司 , 2023.12 -
冊 ; 公分
譯自 : 黑狼王と白銀の贄姫 : 辺境の地で最愛を得る . 1
ISBN 978-626-378-285-3(平裝)

861.57 112017356

輕文學 Light Literature

黑狼王與白銀人質公主Ⅰ ～在邊境之地得到最愛～

原著名＊黒狼王と白銀の贄姫 辺境の地で最愛を得る

作　　者＊高岡未來
插　　畫＊vient
譯　　者＊林于楟

2023年12月18日 一版第1刷發行

發 行 人＊岩崎剛人
總　　監＊呂慧君
總 編 輯＊蔡佩芬
主　　編＊李維莉
美術設計＊林慧玟
印　　務＊李明修（主任）、張加恩（主任）、張凱棋

台灣角川

發 行 所＊台灣角川股份有限公司
地　　址＊104台北市中山區松江路223號3樓
電　　話＊（02）2515-3000
傳　　真＊（02）2515-0033
網　　址＊www.kadokawa.com.tw
劃撥帳戶＊台灣角川股份有限公司
劃撥帳號＊19487412
法律顧問＊有澤法律事務所
製　　版＊尚騰印刷事業有限公司
I S B N＊978-626-378-285-3